さえづちの眼（まなこ）

澤村伊智

角川ホラー文庫
23599

目次

母と

一

お袋が嫌いだった。

親父も嫌いだった。

学校も嫌いだった。臭い臭いと言われるから。

家はもっとずっと、クソみたいに嫌いだった。

家の中のものも全部クソだった。暗い部屋。臭い布団。臭い枕。中身の出たクッション。脚の折れた椅子。穴の開いた壁。天井の茶色い染み。潰れた空き缶。割れた瓶。焦げた畳。臭いカーテン。血の付いたアイロン。臭い台所。臭い風呂。臭い便所。蠅が飛ぶシンク。散らかったベランダ。土しか入っていないプランター。親父の臭い服。お袋の臭い服。親父の怒鳴り声。壁を殴る音。お袋の悲鳴。全部クソだった。

家にいるとイライラした。イライラしてムカついた。基本誰もいない。いても怒鳴られるか殴られるか、相手がお袋の場合はそれプラス急に泣かれるか。酒かクスリかどっちかをやって包丁を振り回して死ぬだの殺せだの殺してやるだのとお袋は暴れる。

朝でも夜でも関係なくスイッチが入ったらいきなり。やめろよ母さんと自分の子供に止められたくてお袋は暴れる。母さんは悪くないよ悪いのは父さんだよ大好きだよ母さんと自分の子供に言ってほしくてお袋は暴れる。自分の子供に抱き締められて自分の子供の胸の中で子供みたいに泣きたくてお袋は暴れる。クソだ。クソでイライラしてムカつく。

だから家にはほとんど帰らなくなった。たまに帰るのはお袋の財布から金を盗む時か親父の財布から金を盗む時だけ。仲間と朝まで遊んで仲間の家で寝る。だから学校にも行かなくなった。いつの間にか中学を卒業していた。だからずっと仲間といるか、そうでない時はヒシダさんとかオジマさんとかといる。二人ともクズで嫌いだけど家にいるよりはマシだった。

二人に言われて仲間と一緒に原付を盗む。偽ブランド品を売りまくる。ヒシダさんとかオジマさんに納めて残った金で仲間と遊んだ。親父とお袋の留守を狙って家に忍び込んでまた財布から金を盗むこともあった。シンナーとかクスリとかは怖くてやらなかった。補導されて警察にギャーギャー言われたがどうでもよかった。何度も補導されてるうちに一人の警官と顔見知りになった。中西（なかにし）っておっさん。他の警官とは違う優しい感じがしたけどどうせクソだろうと思って話しかけられても適当に返した。

時々お袋から留守電が入っていたしメッセージも来ていた。

〈今どこですか〉〈返事ください〉〈帰って来てお願い〉〈死にたい〉〈もういやこんな人生〉〈元気？〉〈今までありがとう〉〈中西さんから連絡がありました。連絡ちょうだい〉〈中西さんも心配してるよ〉〈中西さんと今日もお話ししました〉〈連絡ください〉〈今どこ？〉〈会いたいです〉〈大好きです〉

全部無視した。

お袋だけじゃなく中西から連絡が来た時も無視した。

二人から連絡が来た後は仕事とも仲間とも関係なくその辺のオヤジを殴った。イライラしたからだ。大学生っぽい野郎グループを原付で轢（ひ）いたことがある。イライラしたからだ。相手は四人いたけど余裕だった。親父によく似たヤツがスマホで話しながら歩いていて、そいつも殴った。お袋と似た女からカツアゲした。

イライラしたからだ。

イライラしてムカついたから。

イライラしてムカついてイライラしてムカついてイライラしてムカついたから。

捕まったのは振り込め詐欺を手伝ったからだった。ヒシダさんに言われて仕方なくやった受け子だった。

有罪にならなかったけど理由はよく分からない。お袋が迎えに来た。補導された時に何度かこのパターンはあったけれど中学を出てからは初めてだった。お袋に会うのは久しぶりだった。お袋の車に乗るのも久しぶりだった。

あのクソみたいな家に戻るのかと思うとイライラしたけど大人しくした。お袋は親父と離婚したと言っていて全然知らなかったけど興味なかった。また財布から金を盗(と)ろう。いや。今度こそ通帳とハンコだ。そう思って黙って座っていた。

家じゃなかった。

うっかり車の中で寝てしまっていた。起きたら全然知らないところにいた。クソ田舎だ。周りは畑と木と古い家ばかりで、車はクソ広い空き地に停まっていた。お袋は外に立っていた。車を降りて摑(つか)みかかろうとしたけど、その時に中西がいることに気付いて止(や)めた。いつもの優しい感じの中西だったが、制服じゃないのは初めてだった。私服はクソダサかった。

「今日からここで暮らすの。タクちゃん一人で」

お袋が言った。

「は？」

「タクちゃん、今のままでいいと思ってるの？　おかしいと思うでしょ。だから」

「うるせえ」

怒鳴った。イライラしてムカついた。縋(すが)るような目のお袋を見ていると余計にイライラしてムカついてイライラしてムカついた。

「馬鹿か。勝手に決めんな。お前らがクソだから――」

「まあまあ」

中西が言った。

「僕からもお願いするよ。頼む。僕は……タクミに幸せになってほしいんだ。正直、今のタクミがそうだとは思えない。ただ金と、とりあえずの居場所があるだけだ」

優しいのに怖い顔だった。何も言い返せなかった。

「とりあえず一日でいい。いや一泊か。鎌田さんと暮らしてみてほしい。会って話してみてほしい。そこからどうするか決めるのは、もちろんタクミだ」

怖いのに優しい顔だった。刃向かうのはやめることにした。

中西とお袋の後に続いてすぐ近くの家に入った。古い和風の家だった。玄関が広くて段差が高かった。ひとんちのにおいがした。

奥から白いジャージを着た角刈りのおっさんが出てきた。ギョロ目でずんぐりして眉毛は繋がっていた。おっさんはニコニコして名前を言った。

「鎌田滋と言います。あんた、名前は何ていうの？」

「……琢海。塩貝琢海」

小さい声で答えた。

どうせ「聞こえない！」と怒鳴るんだろう。ここが何処で何の施設でこのおっさんが何者なのかは知らないけどこの手の人間は全員そうだ。そう思っていたのにおっさんは怒鳴らなかった。逆に嬉しそうに手を差し出した。

「よろしく、琢海」

おっさんの手は硬かった。硬くて温かかった。

家には子供が四人いた。おっさんのじゃなくて赤の他人の子供だった。タダで預かって共同生活を送っているという。

あてがわれた一番奥の和室でスマホを見たり仲間に連絡したりしていると四人の子供のうち一人が入ってきて話しかけてきた。あれこれ訊かれた。アヤという名前のデブの女子。歳は一つ上の十八歳で平日はここから高校に通っているという。そういえば今日は日曜だった。

「へえ、結構派手にやらかしたんだねえ」

アヤは細い目を更に細くして嬉しそうに言った。イライラしたが無視した。そのうちアヤは自分の話を始めたが適当に聞き流した。スマホをやっているうちにアヤは部屋から出て行った。

六時に呼ばれて居間に行くと飯の用意が出来ていた。おっさんと子供四人プラス自分でデカいテーブルを囲む。飯は子供が持ち回りで作る決まりで今回はアヤが作ったらしい。白飯。ワカメと豆腐の味噌汁。大根と肉を煮たやつ。菜っ葉を炒めたやつ。

おかずは大皿に載って湯気を立てていた。

ボーッとしていると隣の小学生らしき男子がおかずを取り分けてくれた。

メシの味は普通だった。不味くも美味くもなかった。でも気付いたらお代わりを何杯もしていて大皿はどれも空になっていた。炊飯器も味噌汁の大鍋もからっぽだった。

「琢海、考えて食え。みんなの分が無くなるだろ」

おっさんは言ったがその顔は楽しそうだった。子供も四人ともニヤニヤしていた。

居間を出ようとしたら、「琢海、飯食い終わったら何て言うんだ？」とおっさんが訊いた。

イライラして黙って部屋に戻った。

一人ずつ順番に風呂に入った。布団は自分で敷けとおっさんに言われて仕方なく敷いた。〈スマホは十時まで〉と廊下にも部屋の壁にも張り紙がしてあってクソがと思ったけど仲間には一通り連絡しててゲームも特にやってなくてスマホをする理由は特になかったから充電して布団に入った。布団はひとんちのにおいが染みついていた。

朝になっていた。

気持ち的には一瞬だったのによく寝た気がした。掛け布団を剝いで伸びをしていると襖をボンボンとノックしておっさんが入ってきた。おっさんは嬉しそうに言った。

「くそ、俺の負けだ」

「は？」

「琢海が寝坊する方に賭けてたんだ。もちろん金じゃないぞ。ケーキだ。麓に美味い店がある。ケーキ屋じゃなくて、ぱ、ぱてぃ何とか」

「パティスリー」

「それだ。じゃあ布団仕舞えよ。朝飯だ」

いつの間にか味噌汁のにおいが漂っていた。

布団を畳んでいるとおっさんが訊いた。

「この先どうする？　琢海が決めろ」

畳んだ布団の上に枕を置いたら答えがふっと降りてきた。

「もう一日いる。とりあえず」

「ああ、それはいい。いい言葉だ。とりあえずやってみる。とりあえず暮らして、とりあえず生きてみる」

イライラしたので舌打ちすると「おおこわ」とおっさんは部屋を出て行った。

気付けば一年経っていた。

鎌田のおっさんの家で暮らすようになって、一年。

近くの高校に入学して、半年。会社員になったアヤが一人暮らしをしたいと言い出して、みんなで送り出してから、二ヶ月。

おっさんと生活をともにし、子供たちと家事を分担し、怒られたり喧嘩したり仲直りしたり、話し合ったり言い争ったり、話を聞いてもらったり聞いてやったりしているうちに、この家のこと、そしておっさんのことをあらかた理解した。

この家は「鎌田ハウス」と呼ばれていて、引きこもりとか不良とかを預かって共同生活を送っている。

おっさんは保護司とかではなく、アパートやマンションを何棟か持っていて、その家賃収入で生活して子供たちを食わせていた。子供たちの父親役をやっていた。

この辺では有名なカマタ何とかという会社の社長の一人息子で、会社を継ぐよう育てられて、実際何年か勤めたらしいけれどイヤになってやめた、と本人は言っていた。生まれる前から小中高大、そこから先も全部決められている。それがおかしいと大人になってやっと気付いて、反発して逃げ出して、そこからいい仕事も悪い仕事も本当に悪い仕事もして、色々あって今に至る。「色々あって」のところはいつもボカされる。カマタ何とかはとっくに潰れて親も死んで、遺産と呼べるのはこの家だけ。

要するに商売でもなければ、市とか県とかから許可をもらってやっているわけでもない。NGOだかNPOだかの、よく分からない団体でもない。鎌田のおっさんはただ自分の気持ちだけで子供たちを預かって一緒に暮らして、「しゃきっと」させて送り出す。そういうことをもう十年以上やっていた。更生という言葉はおっさんのやっていることにハマらない。もちろん矯正でもない。「正しく」とか「普通に」とか

「まともに」している感じはしない。だから「しゃきっと」させる。それが今のところ一番しっくり来る。

来たばかりの頃は勉強は嫌いで入試もギリギリで学校に行くのもダルかったけれど、今は少し好きになっている。

家の、他の子とはうまくやれている。

十八歳の瑠琉南。元不良の女子。シンナーのせいで前歯が溶けていて、笑うとバカみたいな顔になる。今は高卒認定を取るための勉強をしている。

十三歳の轟。元不良の男子。顔も身体もまだ子供だ。近くの中学に今時珍しい短ランとボンタンで通っている。当然学校では浮いているが話し相手はいるそうで、授業も真面目に受けているらしい。宿題もやっている。たまに質問してくるので教えたりもする。

十二歳の杏。先月ここに来たばかりの女子。小学校低学年にしか見えないくらい小さく細い。肌も真っ白で顔もぼんやりしている。「親に虐待された」以上のことは聞いていないし本人も言わない。最近やっと笑うようになったが学校にはまだ行けていない。

そして二十歳の健太。町外れの工場で働いている。二年先輩で背は自分と同じ一七〇くらいでガタイもよくて、いつもニコニコしている。小二からずっと引きこもりだったとは思えない。でも来たばかりの頃は一五〇センチなくて、ここで暮らし始めた途端に成長したという。十八から二十にかけての、たった二年で二十センチ以上も。

「嘘だ」

初めて聞いた時、思わず言った。

「本当だよ。なあ、おっちゃん」

健太が恥ずかしそうに言う。

「おお。本当だとも」

鎌田のおっさんが笑った。

「証拠は？　写真とかねえの？」

「ないな。でもそのうち分かる」

おっさんは意味深なことを言った。

「そのうち」が来たのはつい先日のことで、朝飯を作っていると杏がヨタヨタと部屋に入ってきて、小さな声で言った。

「タクミ」

「ん？」

「わたしね、病気かもしれない」

そして穿いていたダボダボのジャージの裾を捲った。

リコーダーくらいしかない細い臑。その両方の真ん中あたりに、それぞれ一本ずつ、ぴょこんと黒い毛が生えていた。他はつるつるなのにそこだけ。

「ね、病気だよね、これ」

「臑毛だ。大人は基本生えてる」

「ほんとに？　ほんとに？」

「ああ。見ろ」

スウェットの裾を捲って自分の脚を見せてやると、杏は目を丸くした。そこへ鎌田のおっさんが欠伸をしながら入ってきた。状況を説明すると、おっさんは「そうかそうか」と笑って、言った。

「杏、身長測ってみろ」

来た時から三センチも伸びていた。杏は驚いて、ずっと口が開いたままだった。おっさんは彼女の頭を撫でて言った。

「今までは栄養が足りてなかったんだ。ビタミンとかカルシウムとかもそうだが、心の栄養もな。それがここで暮らすうちに充塡されて、一気に成長した。健太と一緒だ」

証拠を突き付けられて何も言えなくなった。

飯の準備を再開する気にもなれなかった。

「もちろん個人差はある。みんながみんな毛が生えて背が伸びるわけじゃない。心の栄養は、圧倒的に足りてないとこに行くんだ。琢海の場合は言葉だ。言葉を司る脳に、心の栄養が回ったんだ」

無意識にうなずいてしまう。

前はイライラしてムカついてばかりだった。「イライラする」「ムカつく」しか言葉を知らなかったからだ。ここに来る前はそれが分からなくて、だから対処もできなかった。でも今は分かる。学校に通って勉強して言葉をたくさん知ったせいもあるけど、それだけじゃない気がしていた。栄養だったのだ。

病気じゃないと知って杏は安心していた。杏に足りないもの、今まで与えられなかったものについて考えて悲しくなった。朝飯の時、健太に身長のことを信じなくて悪かったと謝ると、「大変だったぞ。成長痛もするし、家から持ってきた服ぜんぶ半年で着られなくなった」と健太は笑った。

近所の人たちと交流もしている。土日に畑仕事を手伝ったりして、そのお返しに野菜やなんかをもらったりして、そういう持ちつ持たれつで鎌田ハウスは成り立っていると分かる。おっさんはそうやってこの町に居場所を確保している。はっきり教えてはくれないが、おっさんは近所の人から「親の会社を潰して道楽で他人の子、それも出来の悪い子を預かっている変人」と思われているらしい。近所の人の態度や話し方に、おっさんと距離を置きたい感じが出ている。邪魔者扱いはしないけど仲間には入れてやらない——そんな感じが。自分たち子供にもそれは向けられていて、遠くから背中に刺さる視線は冷たい。

毎日のように鎌田ハウスに手紙が届く。差出人は子供だったり子供の親だったりで、勿論おっさん宛で、内容は要するに「助けてくれ」だ。おっさんは一通一通、丁寧に目を通して返事を書く。文通だけで解決することもあれば電話で解決することもある。一度会って話して終わることも。それでもダメな時は鎌田ハウスに来る。そして何割かは一緒に暮らす。お袋も最初は手紙だったらしいけど、文章は中西さんが書いて、お袋は名前だけだった、らしい。それをおっさんは返事で怒った、らしい。

〈どうして自分で書かないのでしょう。この期に及んで貴女はまだ琢海さんから逃げるのですか〉

だから、お袋はお袋なりに頑張ったのだ。おっさんに怒られて反省して、自分でおっさん宛に手紙を書いて相談して、自分でどうするか決めて、自分で運転して子供をここまで連れて来た。感謝とかはしないし今も嫌いだけど、そこは覚えておくことにした。

要するに今の自分は前よりマシだ。それにしゃきっとしている。ここで暮らすのは悪くない。いや、楽しい。健太と杏と轟と瑠琉南、おっさん。この五人と一緒に家事を分担して、近所の人と関わって暮らすのは、正直楽しい。学校に行くのも、苦手な勉強をするのも。

仲間と連絡を取ることはなくなっていた。

早くここを出たい気持ちはあるのに、ずっといたいとも思う。居心地——そうだ、居心地がいいからだ。鎌田ハウスは居心地がいいし、鎌田ハウスにあるものが好きだ。冬は凍えるほど寒い土間。歩くとギシギシ言う廊下。狭い居間も狭い台所も、仏間も、日の光がまぶしい縁側も、広い庭の砂利も。

そう思っていた、ある夏のことだった。

目が覚めた。

夜だった。豆電球が灯る部屋で、布団に包まっていた。

トイレに行って、戻り際に何気なく縁側の方に目を向けると、おっさんの背中が見えた。おっさんは仁王立ちで庭を見ていた。手が缶ビールを握り締めていた。

いや——握り潰していた。

ひしゃげた缶から中身が溢れ出ていて、ぽたぽたと縁側に滴っている。その音がずっと聞こえていたこと、だから自分は縁側に目を向けたことをここで悟る。

「おっさん」

声を掛けた。

「どうしたんだよ、電気も点けずに……」

近寄ってもおっさんは反応しなかった。もう一度言葉を掛けようとした時、おっさんは缶ビールを持った手をこっちに掲げた。濡れた人差し指を立てている。

これは「黙れ」か。

戸惑っているとおっさんが少しだけ、ほんの少しだけこっちを向いた。

見たことのない表情をしていた。目を剝いて、口は有り得ないくらい「への字」で、ぶるぶる震えている。おまけに汗まみれだ。やけに青い月の光が、濡れた顔を照らしている。

おい、おっさん――

呼ぼうとしたその時、気配を感じた。

反射的に庭の方を向く。

誰かが立っていた。

物干し竿の向こう、砂利の敷き詰められた庭に突っ立っていた。

細く、短く、青白い脚。

薄い太腿のすぐ脇に、同じくらい青白い手が見える。

服は真っ黒なのか、濃い闇に溶けてはっきりしない。顔も見えない。ただ脚と手だけが浮かび上がっている。

子供だ、と分かった。

こんな時間に何の用だろう。おっさんを頼ってやって来たのかもしれない。前にも二度、夜中の来客はあった。

「どうしたの――」

「シッ」

激しく息を漏らして、おっさんは人差し指を差し出した。

「……喋(しゃべ)るな琢海。喋るな。動くな」

縋(すが)るような声で言う。

どうして、と聞こうとしたその時、庭の白い手足が動いた。

そして歩き始めた。

砂利の上を軽やかに。どこか楽しげに。

全く足音を立てず。

庭の端から端まで、行ったり来たりを繰り返す。

人じゃない。

分かった途端、勢いよく鳥肌が立った。寒気が肌じゃなく骨に刺さった。でも目を離せなかった。右に、左に。歩いている何かを、立ったまま見つめることしかできない。

闇の中、そいつの顔がありそうな辺りに、ぼんやりと白いものが浮かんでいる。横に走った線のようなものは、皺（しわ）か、結んだ唇か。それとは違う別の何かか。もう少しで顔に見えそうで、見えない。人の顔ではないかもしれない。考えたくないのに考えている。見たくないのに見ている。

いつの間にか一番長い物干し竿が、真ん中からゆっくりと、飴（あめ）みたいに曲がっていた。気付いて叫びそうになって、堪（こら）える。見ている間にもさらに曲がり、物干し台を滑って庭に落ちる。ざっ、と砂利が鳴った。

別の竿も曲がっていた。

今度のは途中で真っ二つに折れて、落ちる。

また別の竿も。別の竿も。

吊（つる）してあった洗濯ばさみが、弾みで宙を舞った。庭に落ちてじゃらじゃらと音を立てた。そいつは歩くのを止めていた。

曲がって折れて落ちた物干し竿の向こうで、こっちを向いて立っていた。

膝（ひざ）が笑っていた。力が少しも入らなくなっていた。その場に尻餅（しりもち）をつきそうになったけど、おっさんが腕を摑（つか）んで助けてくれた。

ビールの缶が縁側で跳ねて、庭に落ちた。

おっさんは肩をいからせて、庭を睨（にら）んでいた。歯を食い縛っていた。腕を摑む手が汗でぬるぬるだった。よく見るとシャツも汗まみれで、身体に張り付いていた。

おっさんが何かをぶつぶつと呟（つぶや）いていた。聞き取れないけれどずっと、小声で続けている。

　そいつはしばらく棒立ちだったけど、やがて一歩、後ろに下がった。また一歩下がる。少しずつ、少しずつ。

　それまでと同じで音もなく。

　夜の闇を身体に塗りたくるように。

　そいつは姿を消した。

　何時間くらい経っただろう。

　夜風が庭の木をザザと揺らしていた。居間の隣、台所の冷蔵庫がブーンと鈍い音を立てている。虫の声もする。

　ふうう、とおっさんが大きく息を吐いた。ぐったりした様子でこちらを向き、

「大丈夫だ。お引き取り願った」

と、笑ってみせる。

　声も笑顔も疲れ果てていた。寝る前より何倍も萎（しぼ）んで見えた。よーっこらしょ、あーーと小声で言いながら、その場に腰を下ろす。動けなかった。

「今のは……？」

　やっとのことで、訊（たず）ねる。

おっさんは顔を上げずに、答えた。

「悪いやつ」

「は？」

「たまに、どっからともなく来る」

額の汗を拭って、顔を上げる。

冗談を言っている風ではなかった。真顔だった。おっさんの大きな鼻の穴から、どろりと血が垂れた。凄い量だった。

慌ててティッシュの箱を取って来てやると、おっさんは何枚も何枚も引き抜いて、鼻血を拭った。見ているだけで冷や汗が出た。夏なのに寒くて仕方なかった。

「いろんな……」おっさんはティッシュで鼻を押さえながら、「いろんなのが来る。ここにこの家を建てて、こんな風に暮らし始めてからな。大抵は睨み付けりゃ消える。すぐには無理でも、時間をかけりゃだんだん溶けて無くなる。だが……さっきのは」

半分赤く染まったティッシュを今度は口元に当て、音を立てて痰を吐く。苦しそうだった。

「大物だったな。あんなのは、見たことが、ない」

いやいやをするように頭を振る。

「何しに……？」

辛うじてそれだけ訊いた。

おっさんはしばらく黙って、答えた。

「あいつらはな、お前らが欲しいんだよ。まだ出来上がってなくて、しかも栄養が足りてなくて、スカスカだから中に入りやすい。操ってよし、壊してよし、食ってよし、だ。地元でつるんでたやつらにもいただろ。クスリやってるわけでもないのに急におかしくなるやつ。ある日突然トぶやつ、死ぬやつ」

何人も頭に浮かんだ。シゲチ、ヨウさん、アミ、ホノカ。

「あいつらは、どこにでもいるんだ」

考えていることを見透かすように、おっさんは言った。

「あいつらからお前らを守るのも、俺の役目だ。そうすることに決めたんだ。そうするための力が、何でか俺には備わってる。だからここを始めた。まあ、大いなる責任ってやつだ。怪しい宗教か何かだと思われるから、ご近所さんには内緒だけどな」

へヘッと笑い声を上げる。鼻血は止まっていたが、口の周りは赤く汚れていた。

「琢海、お前も内緒だぞ。ご近所もそうだけど、子供たちには言うな。さっき見たことも、もちろん俺の役目もだ」

「……てつだ、手伝えることは？」

「無理すんな」

即答だった。震えてまともに話せないことに、あっさり気付かれてしまった。ビビッていること、それを隠そうとして強がったこと、どっちも一瞬でバレてしまった。後悔で消えたくなっていると、おっさんに肩を叩かれた。

「気持ちは嬉しいぞ。ありがとう、琢海」

髪をぐしゃぐしゃと掻き回される。その手には鼻血が付いていたけれど、汚いとは思わなかった。おっさんの手は今までどおり、硬くて温かかった。

部屋に戻ると杏が目を開けていた。不安そうな顔が豆電球の光に照らされている。

「どうしたの、琢海」

「クソが硬かったんだ」

「なんだ、ふふ」

杏は笑うと、すぐ寝息を立て始めた。

横になって朝までその顔を見つめていた。

折れた物干し竿はみんなが起きる前に、おっさんが隠していた。物干し台には倉庫にあった新品の竿が掛かっていた。

その後のおっさんは基本それまでと一緒だったけれど、たまに朝から調子が悪そうにしていたり、口数が少なかったりした。朝起きてこないので見に行ったら、乾いた鼻血を顔中に貼り付けたまま、苦しそうに寝ている時もあった。

誰かと長電話することが増え、子供が訊こうとすると露骨に嫌がった。

庭や玄関をじっと睨んでいる姿を何度も見かけた。

買ったばかりの牛乳が、封を開けると腐っていたことが二回あった。晴れの日なのに土間が濡れていたことが三回あった。庭の隅に真っ黒でぶよぶよした、拳固くらいの茸が生えていた。おっさんが焚き火で焼くと腐った肉みたいな臭いがして、轟と杏が大騒ぎした。

家の中の空気が澱んでいる。そう感じることが増えた。外から眺めると家の周りがやけに暗い。そう見えることもたまにあった。

そのうち、おっさんが痩せ始めた。

前はポコンと出ていた腹がすっかり引っ込んで、服がぶかぶかになった。少しだけ二重顎だったがそれもなくなって、皮膚がそのまま骨にへばり付いているような、そんな顔になった。

酒の量も増えていた。「ずっと前にやめた」と言っていた煙草を吸うようになっていた。日に何箱も空にしていた。

「おっさん」

ある日の夜、我慢できなくなって訊いた。他の子供が寝静まったのを見計らって、居間で一人酒をしているおっさんに。

「あいつのせいか？　あの悪いやつのせいで、そんなことになってんのか？」

「何の話だ」

「とぼけんな」

「静かにしろ。みんなが起きる」

おっさんは手にしたカップ酒をテーブルに置いて、投げ遣りに言った。

「大丈夫だ。心配ない」

「心配なくねえだろ。鏡見ろよ」

「気持ちは嬉しい。ありがとう琢海、お前は優し――」

「話逸らすなっ」

無意識におっさんの胸ぐらを掴んで、引き寄せていた。

信じられないほど軽かった。おっさんの抵抗は弱々しく、押されても掴まれても平気だった。振り解かれることもなかった。おっさんにはもうその力もないと分かった。

イライラした。イライラしてムカついた。もっと他の、細かくて正しい言葉にすると涙が出そうだからしなかった。

「おっさんが……おっさんが心配なんだよ」

やっとのことでそう告げる。

おっさんは骸骨みたいな顔で笑った。歯茎も痩せて歯と歯の間がスカスカになっていた。

「本当にありがとうな。でも……大丈夫なんだ。理解者ができた。手を差し伸べてくれた」

「リカイシャ？」

「俺やあの悪いやつらのことを打ち明けても、変な顔をしない人だ。出先で偶然知り合った。信じて、理解してくれた。それに……力もある。俺とは違う力だ。その人がいるだけで空気が変わって、悪いものが寄りつかなくなる。あくまで俺の見立てだがな」

前なら有り得ないと思うような話だったけれど、もう嘘だと切り捨てることはできなくなっていた。

おっさんは椅子に座り直した。

「今、話を進めてる。家に来てくれるんだ。俺たちと一緒に住んで、この家を……お前らを守ってくれる。もう少しだ。それまで俺一人で、ここを守り通す」

大きな目が輝いていた。ギラギラしていた。嬉しい以外、助かりそうで安心した以外の感情もあるみたいだったけど、それが何なのかは分からなかった。

「だから大丈夫だ、琢海」

「……嘘じゃないな？　今だけ安心させるための、キ、気休め？　じゃないよな？」

「違う。信じてくれ」

おっさんは言った。囁き声だったけれど力強かった。嘘じゃなさそうだ、信じてもいい、と思った。

「分かったよ」

食器棚から自分のマグカップを取ってきた。おっさんの隣に腰を下ろし、テーブルのカップ酒を摑む。

「おい」

「いいだろ。ちょっとだけだ」

「ちょっとでも駄目だ。やめろ。ああ分かった、じゃあそこの、そこのコーラ持ってこい。杏の誕生日パーティ用の」

台所の床下収納の辺りを指す。

痩せて疲れ果てていたけれど、以前のおっさんだった。本当に大丈夫そうに思えた。

床下収納からコーラのペットボトルを引っ張り出し、自分のマグカップに注ぐ。炭酸の泡の弾ける音を聞きながら、マグカップを掲げる。

カップ酒とコーラで乾杯した。何のための乾杯か分からなかったけれど、とにかくそうしたかった。

「理解者」について更に知ることになったのは、それから半月後の夜のことだった。轟が隣町のチーマーだか半グレだかみたいな連中に因縁を付けられてトラブったらしく、おっさんが動いた。轟が監禁されている連中の溜まり場の店に、一人で殴り込みに行ったのだ。もちろん暴力を振るうんじゃなく話し合いで解決する。既にここを出た男子が前に似たようなトラブルに巻き込まれたことがあって、その時もおっさんは楽しそうで悪そうで、頼もしくもあったし怖くもあった。今回のおっさんの態度も同じだったけれど、違うのはおっさんがガリガリでしんどそうだったことだ。頼もしくも怖くもなかった。ただただ心配だった。一緒に行かせてくれと何度も頼んだのに断られた。お前は家を守っていろ、と言っておっさんは車で隣町へと向かった。

勝てないんじゃないか。

連中に舐められてボコられるんじゃないか。しかも打ちどころが悪くて――

そこから先は想像しないようにして寝支度をした。瑠琉南と杏はすぐ寝てしまい、健太は朝から実家に帰っていて不在だった。

いつまで経ってもおっさんは帰ってこなかった。

案の定、眠れなかった。

何度も寝返りを打って、起きて、台所で水を飲んで、部屋に戻って布団に入って、また寝返りを打つ。その繰り返し。冬の夜は寒くて、厚手の靴下を穿いていても板張りの廊下は冷たかった。

杏はすやすやと寝ていた。一度瑠琉南の部屋に行ってみたら、彼女は鼾をかいて腹を出して寝ていた。寝巻きの裾を戻して布団をかけてやった。

台所で何杯目かの水を飲んでいると、外から車の音が聞こえた。タイヤが砂利を踏む音も。

車だ。おっさんが車で帰ってきたのだ。時計を見ると日付が変わっていた。

車の音が消えた。ドアが開く小さな音がした。少しして「ばん」と閉まる。

玄関に走り、飛び降りるように土間へ下りた。共用のサンダルを履いて、玄関を開け放つ。駐車場の方から人が近付いてくる。月と星が頼りなく照らす夜の闇の中で、人影が揺れている。

「おかえり」

声をかけて走り出した途端、そいつの手足が闇の中から出てきた。

青白い、細い、子供の手足。

駐車場には一台の車も停まっていなかった。

そいつは音もなくやって来て、手を伸ばした。

咄嗟に身体を引く。大きく仰け反る。短い指が鼻先を掠めた。バランスを崩しながら後ろに下がり、土間で仰向けにひっくり返る。受け身を取り損ねて呻いていると、そいつが玄関の敷居をまたいだ。

ゆっくりと天井を仰ぎ見る。顔も服装も分からないのに、影でそうと分かる。

はあああ……ああ……あ……

溜息が聞こえた。

そいつだった。そいつが長い長い溜息を吐いて、土間を見下ろしていた。

うっとりしたような、満足そうな、今にも泣き出しそうな、そんな溜息だった。

嬉しいんだ、と分かった。この家に入れて嬉しい。嬉しくて仕方ない。そんな気持ちが伝わった。知ってしまった。分かってしまった気付いてしまった。

「あ」

声を上げた瞬間、全部の力が抜けた。身体がバラバラになって宙に浮いているみたいだった。起き上がれない。手にも足にも、力が全く入らない。

空気の澱みが酷くなる。そいつを中心に、どろどろになっていくのが肌で分かる。

やっぱりこいつのせいだった、ずっとこの家を狙って、入り込む隙を狙っていたんだと思い知る。

おっさんが一人でずっと、この家を守ってくれていたことも。

そいつが一歩、踏み出した。

音がしない。

また一歩。これも無音だった。

珍しそうに土間を見回している。かと思えば背伸びして、廊下をのぞき込む。動きはトロいけど子供のそれだった。それが異様だった。人の形なのに人じゃないのが分かった。

震えすぎて自分の歯がカチカチ音を立てていた。

そいつが屈(かが)んだ。見ちゃいけない、と思う前に顔を背けた。

視線を感じる。とても強い視線が頭に、頬に、手足に胸に腰に刺さる。そこから音を立てて凍り付く。そんな感覚に襲われる。

怖くて頭がおかしくなりそうだった。叫び出したい。叫んで叫んで楽になりたい。そう思った時。

ピロピロピロピロ

ピロピロピロピロ

固定電話の安っぽい呼び出し音が、廊下の方から聞こえた。

どろどろの空気が薄まった気がした。

視線を感じなくなった。

薄目の横目でうかがうと、そいつは玄関の戸に手をかけて、こっちを見ていた。

ピロピロピロピロ

ピロピロピロピロ

固定電話の音を聞いているようだった。

やがてそいつは今までと同じように音もなく、家から出て行った。

いなくなった。

あるのは開けっ放しの戸と、家の中より少しだけ明るい、外の闇だけだった。

空気がきれいになっていた。きれいな水の中にいるような、気持ちよさすら感じた。

固定電話が鳴り続けていた。身体が動くことに気付いた。這うようにして框を上がって、廊下を進む。電話台に縋り付くようにして、受話器を取る。

「もしもし」

「おお、琢海か」

おっさんの声だった。分かった瞬間、力が抜けた。「ああ……」と妙な声が出る。

「大丈夫だったか。家に何か来たんじゃないか、悪いのとか」

「え……分かるの？」

「俺には分からん。瑛子さんが教えてくれたんだ」

「エイコ……？」

「前に言ってた理解者の人だ。さっき電話があってな。一刻も早く家に電話した方がいい、呼び出し中も電話越しに力を送り込むようにしてみろって言われて、そのとおりにした。誰も出なくていい加減切ろうかと思ったら、お前が出た」

「そうか……帰ったよ。電話の音で帰った。悪い空気ごと。多分だけど、前に来たやつと一緒」

「おお、よかった」

おっさんの声が少し弛んだ。

「今、車で戻ってるとこだ。轟は無事だぞ。疲れて寝ちまったけどな。呑気なもんだよ、こっちの気も知らずに。ははは」

「おっさんは無事？」

「もちろんだ」

二言三言やり取りして、電話を切った。ホッとしてすぐ杏と瑠琉南のことが気になって確かめに行ったけれど、二人とも普通に、何事もなかったみたいに寝ていた。今度こそ本当に大丈夫だと力を抜いたその時、表で車の音がした。

今度は本当におっさんだった。

眠そうに目を擦りながら轟が風呂に入ったのを確かめてから、おっさんに悪いやつが来た時のことを説明した。それから訊いた。

「要は……助かったの、理解者さんのおかげってことか？」

「瑛子さん、な」

台所の換気扇の前で煙草を吸いながら、おっさんは答える。スマホを取り出して、

「だからお礼、言わないとな」と、こけた頬を弛めて笑う。

瑛子さんと電話で話している間、おっさんは嬉しそうだった。幸せそうだった。理解者という言葉の意味について考えていると、「琢海」とスマホを渡された。

「……もしもし。琢海と言います」

「こんばんは。尾綱瑛子と申します」

少しハスキーで、でも穏やかで耳に心地よい声。

「さっきは、ありがとうございました。助かりました。あの、悪いやつも帰ったので」

「わたしは何もしていません。滋さんがあなたを——ハウスの子供たちを助けようと頑張ったの」

「ええ、まあ。でも、ありがとうございます。しつこくてすみません。でも何回でも言いたくて」

「ふふふ。嬉しい。こちらこそありがとう」

優しい声だった。聞いているだけでこっちの周りの空気が変わった気がした。おっさんの言っていたことを噛み締めながら、

「あの、おっさんに聞いたんですけど、ええと、瑛子さんがハウスで暮らすって」

「そうなの。ずっと滋さんを支えたいなって思って」

あっけらかんと言う。

「それって……」

「今度、直接言います。そちらにお伺いした時に」

決意のこもった優しい声だった。

おっさんにスマホを返す。おっさんが挨拶して、通話を終える。

「何にせよ、無事でよかった。轟も、お前らも」

疲れ切ってはいるけど満足そうなおっさんに、「ありがとう」と言った。

瑛子さんが鎌田ハウスに来たのは翌週の、日曜の昼過ぎだった。彼女は電話の声の印象とは違っていたけれど、可愛らしくて優しそうだった。

「今日からここで皆さんと、一緒に生活させていただくことになりました」

どうぞよろしく——と、深々とお辞儀をする。

「新しい家族だ」

おっさんが言う。

「え?」と瑠琉南が半笑いで訊ねる。おっさんは照れ臭そうに頭を掻くと、

「まあ、そういうことだよ」

「よかったじゃんか、オヤジ」

轟が嬉しそうに言った。父親がいないせいか、おっさんのことをオヤジと呼ぶ。

「前からモテないの、気にしてたもんな。そうかそうか、オヤジにもやっと春が来たかあ。うんうん」

「ガキんちょが知ったようなことを」

おっさんが苦笑する。

「家のこと、いろいろ教えてくださいね。やれること何でもします」

瑛子さんが言う。

「ハイ、じゃあ今日の晩飯作ってください。お願いします」

瑠琉南がおどけて言い、健太に「当番サボりたいだけだよね？」と突っ込まれる。

轟と杏がくすくす笑う。

「え、やらせてもらえるんですか？　わたし、頑張ります」

瑛子さんが腕まくりをした。

「いいよいいよ瑛子ちゃん。今日はまだお客さんでいてよ。おい瑠琉南、頼む。何か美味いもん作ってくれ。いや、作ってください」

「頑張る」

やる気のない声で瑠琉南が言って、みんなが笑った。くだらない遣り取りだったけれど、嫌な気持ちはしなかった。

空気がきれいになった気がした。

翌日から瑛子さんは、鎌田ハウスのメンバーになった。おっさんのパートナーで、子供たちの母親役で、鎌田ハウスの二人いるスタッフの一人。

鎌田ハウスは少し余裕ができた。家事の当番も少し楽になった。料理は結局、引き続き子供だけで回すことになったけれど。

瑛子さんは子供全員に分け隔てなく接した。すぐ「エーコちゃん」と呼んで真っ先に距離を縮めた轟と、ずっと警戒を解かない杏。どっちにも同じくらい声をかけ、世話を焼き、必要な時に叱った。他の三人に対しても同じ熱量だった。

家——鎌田ハウスは前より明るくなった。変なことも起こらなくなった。間違いなく瑛子さんが来てから、この家はよくなったのだ。おっさんの言うとおりだった。本当によかった。

そう思った次の日、おっさんが死んだ。

そろそろ冬も終わりそうな、寒いけど暖かい朝に、布団で冷たくなっていた。

安らかな死に顔だった。

微笑んでいるみたいにも見えた。

死んだら人は物になる。死体は肌の感じも表情も姿勢も、生きていた頃とは全然違う。泣いておっさんに縋り付くみんなの後ろで、そんなことを考えていた。それ以外のことを考えないようにした。思わないようにした。

おっさんの葬式が終わって、一ヶ月が経った。

瑛子さんの頑張りもあって、子供たちもずっと悲しんでばかりじゃ駄目だと思って頑張って、以前とほとんど同じ、鎌田ハウスを取り戻していた。違うのはおっさんがいないことだけ。

淋しいと思うことはある。おっさんがいなくて淋しい。

みんなも本当はそうだろう。轟が風呂で泣いているのを外でうっかり聞いてしまったことがある。健太も瑠琉南も、たまに心ここにあらずといった顔をしている。隣で寝ている杏が魘されて、その声で夜中に目を覚ましたことも何度かある。「鎌田のおっさん」「鎌田のおっさん」と、杏は目を閉じたまま繰り返していた。

死因は心不全だと警察は言っていた。事件性はないという。このところ酒や煙草の量が増えて内臓に負担が掛かっていた。そこへ来て昼夜の寒暖差で心臓が止まった。断定はできないが多分そういうことらしい。

つまり――

おっさんはあの悪いものに、一人で立ち向かった。立ち向かい続けた。子供たちを守るために無理をして、弱っていった。

でも瑛子さんを迎え入れたことで、悪いものは来なくなった。この鎌田ハウスはおっさんが言っていたとおり、大丈夫になった。

だから安心して、おっさんは死んだ。享年四十九は若いけれど、あの死に顔を見る限り、後悔や未練はないらしい。

いや――

死んだおっさんがずっと安心していられるように、子供たちと瑛子さんと、この鎌田ハウスで暮らさなきゃいけない。そしていつか出ていかなきゃいけない。そこから先も「しゃきっと」生き続けなきゃいけない。そう誓って毎日を過ごした。

そんなある日。

学校から帰ると誰もいなかった。洗濯物が干しっぱなしだったので、当番ではなかったけれど取り込んで、縁側に積んでおく。

当番の瑠琉南にチャットでメッセージを送ったら〈ごめん忘れてた〉と嘘臭い返事が来た。「やれやれ」とつぶやいて、洗濯物の山の隣に座る。

夕暮れの光が辺りを照らしていた。空はオレンジ色で、雲と足元の砂利は紫がかって見える。

何気なく顔を上げると、おっさんが立っていた。

物干し台のすぐ側に、猫背で。

泣きそうな顔をして。

素っ裸で。

骨と皮だけの身体を、ガタガタ震わせながら。

「おっさん……？」

訊くことだけはできた。

立ち上がることはできなかった。

痺れたみたいになって、力が入らない。

おっさんはガリガリの腕を持ち上げ、玄関の方を指差した。口を金魚みたいにぱくぱくさせる。

口の中が真っ暗だった。

「なに……なに言ってんだ、おっさん？」

おっさんはカッと目を剥いて、耳の横に開いた手を翳す。それを繰り返す。

何度も見て、やっと気付く。

「え？」と言っているのだ。こっちの声が聞こえないのだ。

「おっさん、何言ってんの？」

必死に声を張るが、出ない。喉を絞められているみたいで、息もまともにできない。

「お……おっさん」

また「え？」の身振りをして、また玄関を指す。通じない。近くにいるのに近寄れず、会話もできない。

おっさんは泣いていた。

涙と鼻水で顔を濡らしていた。痩せた身体をくねらせて、何かを訴えていた。その姿が涙で霞む。うう、と嗚咽が漏れる。

瞬間、身体を縛り付けていた何かが解けた。

「おっさん！」

大声で呼んだ。立ち上がった。駆け寄ろうとした時、

「おおおーーーーーーーい！」

おっさんが絶叫した。信じられないほどの大声だった。思わず耳を塞ぐ。咄嗟に目までつぶってしまう。

すぐ目を開けると、おっさんは消えていた。

庭にもいない。家の中にも。駐車場にも。

「何だよ、どうなってるんだよ……おっさん……」

言葉にすればするほど、心臓が有り得ないほど音を立てる。涙が溢れる。でも黙ってはいられなかった。おっさんのあんな姿を見て、この家に一人で、誰もいなくて、静かで、静かで、だから耐えられない。

「おっさん、おっさん、ああ、あー、あー……」

「どうしたの」

声がした。

振り返ると瑛子さんが立っていた。縁側で不思議そうに首を傾げている。

「何があったの？　琢海」

裸足のまま庭に降りてきて、両頬にそっと触れてくれる。瑛子さんの手は冷たかった。でも人の質感があった。

緊張が少しずつ解けていく。力も抜けていく。途端にさっき見たものが、とても恐ろしく感じられる。あの表情。身体。仕草。

あの叫び声。

「あ、あ……おっさん、おっさん……」

「ねえ琢海、答えて」

瑛子さんに抱き締められて、安心して泣いた。おっさんのことを思って泣いた。落ち着いた頃にはすっかり暗くなっていた。縁側で轟と杏が「泣いてるー」「子供みたーい」と囃し立てるのが聞こえる。

小声で、耳打ちするように、見たことと聞いたことを瑛子さんに話した。彼女は変な顔もせず、うんうんと頷きながら聞いてくれた。

「そう……ありがとう。教えてくれて」

話し終わると、瑛子さんは優しく頭を撫でてくれた。

「瑛子さん。あれ、何だったんだろ」

「悪いやつよ」

当たり前のように瑛子さんは答えた。おっさんの言葉と一緒だった。

「人に化けることもある。人を操ることもする」

「そうなんだ」

「そう。だから騙される。琢海も危なかったね」

微笑む彼女を見ていると、また涙が出た。

「危なかった……怖かった……」

「大丈夫。もう大丈夫だから」

家の灯りを背に、瑛子さんは静かに、でもはっきり言った。

「わたしが鎌田ハウスを守る。ここはみんなの、大切な居場所だもの」

二

雨が降っていた。

家を出た時より雨足は更に強まり、風も吹き始めていた。安物の折り畳み傘は殆ど役に立っていない。

「野崎、相合い傘にしよう」

傍らの真琴がビニール傘を傾けた。

「大丈夫だ」

「でも、これから打ち合わせでしょ」

「だから大丈夫なんだ。ギガ出版の佐々岡編集長殿と会うだけだからな。付き合いの長いおっさん同士の会合なんて、濡れ鼠だろうと寝間着だろうと構わない」

「ほんとに？」

「ああ。ところで今回は何色にするんだ？」

「どうしよっかなあ……って、わたしの髪なんて興味ないでしょ」

真琴は肩まで伸びた紫の髪を摘まんで、翳してみせる。

「そんなことはない」

「どうだかねえ」

唇を尖らせる。

話しているうちにJR高円寺駅、北口駅前広場に出た。午後五時半を回っていた。駅構内に入って傘を畳み、ハンカチで顔を拭いていると、真琴が「気を付けてね」と言った。

「お前もな。終わったら連絡する」

「うん。飲み会的な流れになりそう？」

「向こう次第だな」

「そっか。帰りにいろいろ買っとくけど、何か要るものある？」

「一番安いインスタントコーヒー」

「ってことは、前に買ったヤツだね」

「あれはコーヒーとは呼べない。ただの黒くて苦い汁の素だ。別のを頼む」

「うわ、面倒臭い。やっぱ野崎が自分で――」

「あの！」

切羽詰まった、幼い声がした。

ずぶ濡れの少女が立っていた。ぺしゃんこの髪から水を滴らせ、紫色の唇を震わせて俺たちを、いや――真琴を見上げている。中学二年生くらいだろうか。

真琴が俺の手からハンカチを奪い取った。

「大丈夫？　これ、気休めだけど使って」

「真琴ちゃん、ですよね」

「え？」

両手を顔の前で組み、垂れ目を限界まで見開いて、少女は言った。

「杏です。栗林杏。ほ、保谷で助けてもらった、押し入れの」

「……え、うそ？　杏ちゃん？」

真琴が声を上げた。

「おっきくなったね。ごめん、全然分からなかったよ。どうしたの？　何があったの？　たしか……親戚と暮らしてるんじゃなかったっけ？」

杏と名乗った少女は涙を浮かべて、

「タクミを助けて」

戸惑う真琴に縋り付き、

「真琴ちゃん、タクミを……みんなを助けて。お願い、すぐ来て。すぐ行って。お願い今すぐ、ねえっ、助けて。タクミを助けてあげて。わたしはいいから」

次第に声が変わっていた。体格や顔に似合わない、どすの利いた声に。

「ちょっとちょっと、杏ちゃ――」

「助けてよっ！　前みたいにっ！」

彼女は叫んだ。周囲のざわめきが一瞬で消え、大勢の視線が同時に突き刺さる。

ふっ、と杏の顔から表情が消えた、そのまま糸が切れたように、体勢を崩す。

仰向けに倒れそうになった彼女の身体を、俺と真琴は同時に掴んだ。

打ち合わせが終わると電車を乗り継ぎ、杏が搬送された病院に向かった。少し熱があるだけで命に別状はない、と真琴からチャットで知らされてはいたが、心配だった。

中野(なかの)にある東京警察病院の入院病棟。四人部屋の一番奥のベッドで、杏は眠っていた。口元まで布団を掛け、か細い寝息を立てている。

傍らの丸椅子に腰掛けていた真琴が、沈んだ表情で俺を見上げる。

「真琴、この子はあれか。悪霊の子」

「うん」

彼女は答えた。

俺たちが結婚する前のことだ。真琴がアルバイトで勤めているバー「デラシネ」に、中年の夫婦がやって来た。真琴に「除霊」を依頼したいという。

あなたの噂は聞いています、我が家に棲(す)む悪霊を退治してもらえませんか——と。

真琴は快諾し、翌日、西東京(にしとうきょう)市保谷町にある夫婦の自宅へと向かった。そして二階の押し入れから、衰弱した一人の少女を助け出した。

悪霊など、どこにもいなかった。

夫婦は揃って「この家には悪霊がいる」「娘を苦しめている」という妄想に取り憑(つ)かれ、自分たちの娘を実に五年にわたって自宅に監禁していたのだった。病院での検査の結果、夫婦の脳には小さな腫瘍(しゅよう)ができていた。極めて珍しい腫瘍だった。それが二人の脳を圧迫していたらしい。

当人にとっては霊的な体験が、実は脳や精神の疾患による幻覚だった——というケースはしばしばある。大昔の有名な心霊現象も、実際のところ何割かはそうなのだろう。だが身の回りでそうしたケースが起こったのは、その時が初めてだった。真琴から伝え聞いただけの俺でさえ少なからずショックを受けたし、直接関わった真琴は大いに傷付いた。

助け出された一人娘は十歳だったが、平均よりずっと小柄だった。全くの無表情で、他人と話そうとはしなかった。ただし、自分を押し入れから救い出した真琴だけは例外だった。

真琴は時間の許す限り杏と面会し、言葉を交わした。杏は次第に真琴以外の人間にも心を開くようになり、退院間際には医師や看護師、保護司とも意思疎通ができるまでになった。その後、杏は施設に収容され、遠縁の親戚の家に預けられ——その辺りで交流が途絶えた。

「さっきちょっと起きた時に教えてくれたんだけどね。杏ちゃん、親戚のとこで上手くいかなくて、鎌田ハウスってとこに預けられたんだって。民間でやってる更生施設で、埼玉のC町にある。そっから歩いて高円寺まで来たの」

「歩いて？　冗談だろ」

「ほんと。電車に乗ったこと、一回もなくて怖かったんだって」

手にしていたものを見せる。くしゃくしゃの、紙屑も同然の地図があった。それだけを手にC町から高円寺まで来た、ということか。真琴に助けを求めて。

スマホで鎌田ハウスをネット検索しながら、俺は言った。

「何年か前に夕方のニュースで見たことがあるな。おっさんが一人で、無償でやってるってな」

「そうなんだけど、去年に代表の人が死んじゃってるの。それで奥さんが新しく代表になったみたい。でも……」

「でも？」

「そこからはよく分かんない。今住んでる子たちのことを説明してくれてたんだけど、話があっちこっち飛んじゃって、そのうち……」

「寝てしまった、と」

真琴は力なく頷いた。

分かったのは子供たちの名前と、最小限のプロフィールだけだという。

十九歳のルルナ。十四歳のゴウ。二十一歳のケンタ。

そして十九歳のタクミ。杏が駅で最初に挙げた名前だ。

「杏ちゃんを入れて女の子が二人、男の子が三人、か……」

真琴がつぶやいた。

いつの間にか、杏がうっすら目を開けていた。

「起こした？　ごめんね」

真琴が小声で詫びた。杏は掛け布団から顔を出す。

「ここは……？」

「病院。入院の手続きをしたの」

「え、でもお金が」

「その辺は大人の義務だ。君は心配しなくていい」

俺は答えた。杏はそこで初めて俺に気付いたのか、明らかに怯えた目を向ける。慌てて自己紹介して、何とか警戒を解いてもらう。

「それでね。杏ちゃん。久しぶりに会えて嬉しいことは嬉しいんだけど……何があったの？」

真琴が訊いた。

杏が答えたのは、たっぷり二分は黙った後だった。

「おかしくなった」

真琴は表情で先を促す。

「入ってきた。乗っ取られた。今はもう、みんなおかしくなった。ルルナもケンタもゴウも、タクミも……タクミ」

「みんな？」

「ハウスのみんな。でも、タクミが。ああ」

杏が顔を歪（ゆが）める。上体を起こす。

「タクミが一番おかしくなって……慣れてるからって、ううん違う、それもあるけど一番はあいつ、あいつがタクミにそうしてほしいから。わたし、わたしには家の、家を、きれいにするって、それだけでいいって、ううう」

「杏ちゃん」

「助けて。助けて。みんなを助けてよ真琴ちゃん。何かそういう力あるんでしょ。聞いたよ。それで呼ばれてわたしのこと、助けてくれたんでしょ。うう、タクミ、タクミタクミ……」

両手で顔を覆って、杏は泣き出した。

その両肩に、真琴がそっと手を置く。

「大丈夫だよ。大丈夫。力になるから。タクミくんがどうしたの？」

「す……好き」

「そうなんだ。好きなんだね」

「うん」

杏は顔を隠したまま、

「鎌田のおっさんも好きだったけど、タクミはもっと好き。だってわたしのこと、好きだって言ってくれたんだよ。こんな悪くて弱くて駄目なわたしを。もうタクミしかいなかったのに。ルルナもゴウもケンタも仲良しだけど、タクミは、タクミは特別なの。それをあいつが……あいつが」

「さっきから言ってる、その〝あいつ〟って誰？」

「え……」

杏が顔を上げた。涙に濡れた手で真琴の腕を摑む。

「エイコがやったの」

真琴が言葉を挟むより先に、

「あいつに乗っ取られたの。タクミも言ってた。言ってたんだよ。最初からそのつもりで、鎌田のおっさんに——」

ひっく、と出し抜けに大きなしゃっくりをして、杏は黙った。ぶるっと大きく一度震える。

真琴の表情が一変した。

この数秒で血の気が引いていた。

「何、これ……？」

杏の肩からゆっくり手を離す。その手が酷く痙攣している。

「どうした真琴」

椅子からずり落ちそうになる真琴の背中を押さえて、俺は訊(たず)ねた。彼女は俺を見ずに答えた。

「摑めないの。押し返されてるっていうか……あっ」

「むっ」

真琴と俺はほとんど同時に声を上げた。

場違いなほど爽(さわ)やかな空気が、周囲に漂っていた。真琴の身体の表面を滑るように流れ、俺の手を撫(な)でる。ほどよく温かく、乾いている。指の間を通り抜け、手首の周囲で渦巻いて、二の腕にまで上がってくる。

「真琴、これは何だ」

心地よさに不快感を覚えながら、俺は訊ねた。

「ううん、違う。でもこれ、これって」

真琴は俺より更に戸惑っていた。信じられないといった表情で杏を、その手前の何もない空間を凝視している。

「これってまさか、ち――」

全部を言い終わる前に、真琴の身体が何かに突き飛ばされた。同時に俺も。

真琴は窓に、俺はその下の壁に叩(たた)き付けられる。大きな音がしたが窓は割れなかった。落下する真琴を咄嗟に抱き留めて、俺は呻き声を上げた。

　杏が天井を見上げていた。

　ベッドの上で耳を塞いでいる。

「やめて……」

　虚空に向かって、彼女は許しを請うていた。何度も同じ言葉を繰り返すが、次第に声が小さく、弱々しくなっていく。

「駄目……あ、あ」

　彼女の憔悴しきった顔に、笑みが浮かんだ。

　満足そうな笑みだった。

　ずっと求めていたものが手に入った。そんな笑顔だった。

　耳から手を離し、虚空に差し出す。

「あ、あ、あ……ありが、とう」

　見えない何かに礼を言う。潤んだ目を瞬かせる。

　例の澄んだ空気はいつの間にか霧消していた。清潔ではあるが人工的な、よくある病院の空気に戻っていた。他のベッドからも戸惑いの声が聞こえる。

　杏がベッドから下りた。俺たちの前を横切り、カーテンを開ける。そのままスタスタと、裸足で病室の外に出てしまう。

慌てて彼女を追いかけ、廊下に出た俺は息を呑んだ。

杏が上半身裸になって、床に這いつくばっていた。

脱いだ病衣で床を拭いていた。流れるような動作で、一生懸命に。

鼻歌が耳に届いた。彼女の声だった。

痩せた白い背中を、俺は呆然と見ていた。

「どいて！」

真琴が俺を突き飛ばし、杏に駆け寄った。自分の上着を脱いで、肩から掛けてやる。

「どうしたの？」

杏が訊ねた。病衣を手にしたまま、きょとんとしている。

「どうして邪魔するの、せっかく頑張ってるのに」

「あ……杏ちゃん！」

真琴が呼びかけたが、杏は不思議そうな顔をするばかりだった。

三

四日後。

高円寺から車を走らせること三時間半、俺と真琴は埼玉県C町に着いた。田圃ばかりのエリアを抜け、山道に入って十分で景色が開ける。

谷間に農家らしき家々が立ち並んでいた。畑やビニールハウスが道の左右に広がっている。

もう少しだ。ナビも目的地までほんの数分だと知らせている。そう思った時、真琴が「停めて」と言った。

「どこでもいい。大丈夫そうなとこ」

「どうした」

「おかしい。ここに入った途端、明るくなった」

現実の光量のことを言っているのではない、とすぐ分かった。非科学的な何かが、この辺りに満ちている。それが日の光を強めている。真琴はそう言っているのだ。

適当な場所に車を停めて、俺は大きく息を吐いた。運転の緊張が解けた途端、強烈な疲れが身体に圧し掛かる。

午後二時を回っていた。

締切の迫った原稿を大急ぎで片付け、取材のアポを二件リスケし、警察病院での一件からほとんど寝ないで、ここまでやって来た。呑気にしている場合ではないからだ。

杏は異常なしと診断された。

だがあの時からずっとぼんやりしているか、そうでない時は病院の床を拭こうとする。病衣を病室の隅の洗面所で洗って、外に干そうとする。その一方で食事を取ろうとせず、脈も呼吸も弱っていた。

原因は全く分からないという。

真琴にも、どうにもならなかった。声をかけても祈っても、力を送り込んでも杏に変化はなかった。むしろ日に日に衰弱していく。

俺たちにできることは、鎌田ハウスを訪問し、エイコなる人物と会うことだけだった。

窓の外をじっと見ていた真琴が、「やっぱり明るい。まぶしいくらい」と呟いた。

「ほとんどの人には影響ないと思うけど……」

「お前にはあるんだな？」

「ちょっとだけね。見てるだけでこう、気持ち悪い。何かこう……キラキラしてるのが逆に気持ち悪い」

あの時の清浄な空気と同根だろうか。

「鎌田ハウスとの関係は？」

「あると思う。勘だけど」

真琴はやつれた顔で俺を見て、

「疲れたでしょ。ここで寝てなよ。後はわたし一人でやれるから」

「真琴」

俺はシートベルトを外すと、

「お前が休んでくれ。車ん中でもほとんど寝てなかったよな。お前がへばってると本丸を攻める時に支障を来す」

「でも」

「探りを入れる。ご近所に訊いて回るんだ。ネットで検索したくらいでは、鎌田ハウスの近況は何も出てこなかった。エイコとかいうヤツについてもな。まずはそこからだ」

「そうだけど……」

「今までだって散々俺をコキ使ってきただろ」

真琴はほんの少しだけ笑って、

「うん。そうだったね」

と言った。

充電ケーブルからスマホを引っこ抜くと、俺は車を出た。しばらく歩いて振り返ると真琴がこちらを見ていたが、睨み付けるとシートに凭れ、目を閉じた。

家々や畑を訊ね歩き、なるべくハキハキ名前と職業を名乗り、「地方社会と子供についてリサーチしている」と大嘘を吐いて、俺は鎌田ハウスについて訊ねた。通俗オカルト以外の仕事をする時に使う、いかにも真面目そうなデザインの名刺を渡す。小細工以外の何物でもないが、ただでさえ胡散臭く思われがちなのがライターという職業で、人の出入りが少ない地方では尚更だ。今回はある程度、カタギに見られる努力はするべきだろう。

住民の大半は中高年で、回答は似たり寄ったりだったが、それでも証言を集めることで見えてくるものがあった。鎌田ハウスのこと。そしてこの界隈との関係。

故・鎌田滋が十年と少し前、ここで鎌田ハウスを開いた頃は、近隣とのトラブルが絶えなかったという。預かった少年少女達が脱走して近所の家に隠れたり、鎌田に反抗して暴れ、農具を壊したり畑を荒らしたり、といったことが何度も起こった。

子供たちが問題を起こす度、鎌田は住民に頭を下げて回った。金銭での弁償はもちろん、子供とともに例えば落書きされた壁を塗り直したり、農作業を手伝ったりといったこともした。

鎌田の弛まぬ努力が実ったらしく、少しずつ子供たちのトラブルは減った。

近隣の人々が子供たちの名前を覚え、子供たちもまたご近所と言葉を交わす。そんな関係が出来上がった頃、鎌田が死んだ。その少し前から体調を崩していたという。

後を継いだのは結婚して間もない鎌田の妻、瑛子だった。瑛子。エイコ。

これだと確信して俺は取材を続けた。

彼女が新たに代表になってから、ハウスは大きく変わった。

「変わった、というと？」

「よくなったんだよ。前よりもずっと」

意外にも、住民はそう答えた。子供達はみな穏やかで、地域住民に協力的になった。挨拶(あいさつ)をする。畑仕事はもちろん、家事も率先して手伝ってくれる。

「以前は違ったんですか？　トラブルは減ったとさっき仰(おっしゃ)っていましたが」

「うーん」別の住民は首を捻(ひね)って答える。「あそこのガキどもは不良がほとんどだろ。なってねえのが結構いるんだよ。ジジイとかババアとか呼びやがるし、気に入らねえことがあったら作業を投げ出すのもいる。騒音ってほどじゃねえけど騒ぐこともあるしな。あと不良じゃねえガキはほら、何だ、立てこもりじゃなくて」

「引きこもり？」

「それだ。その手のガキは逆に目も合わさねえし、急に顔真っ赤にして泣いたり、固まったりするし。パニックちゅうのか。まあ、鎌田さんとことは長い付き合いだから、見守ってはいたけれど」

「決して鎌田ハウスに協力的だったわけではない？」

「あんたさ、そんな風に言ったら、こっちが悪モンみたいじゃねえか」

また別の住民が顔をしかめる。

「失礼……でも今は、鎌田ハウスの子供たちはまともだ、と？」

「みーんなキッチリしてるよ。落ち着いてて騒いだりもしない。瑛子さんが鎌田さんの遺志を継いで、発展させたってこったな。立派なもんだ」

また更に別の住民が答えた。

どういうことか分からなかった。杏の言っていたエイコと、鎌田夫人である瑛子は別人なのか。奇妙に思いながら俺は聞き込みを続けた。

「どんな人かって？　会ったことねえんだよ。身体が弱いらしくて」

「では、いい印象はないのでは？」

「いいや」

住民の一人は頭(かぶり)を振った。

「むしろ助かってるよ。あの手の人と関わったこと今まで一度もなかったから、最初は怪しいと思ったけど、今は感謝しているよ」

「すみません、あの手の人とは？」

「巫女さんだよ」

別の住民は「霊能者さんです」と答えた。「イタコ」と答える者も、「ほら、江原ナントカみたいな人よ」と答える者もいた。

彼女は「見えないものが見える」「死者と交信できる」と言い、その力で人々に様々な助言をしているという。やり取りはすべて電話で。

「当たるんだよ」

これも住民は口を揃えた。「効くんだよ」と何人かは付け加えた。

ある住民は、瑛子の指摘したまさにその場所で、ずっと行方不明だった思い出の写真を見付けた。住民すら存在を忘却していた、倉庫の地下収納のファイルに挟まっていた。

またある住民は、二十年前に死別した夫と対話した。いわゆる「口寄せ」だ。瑛子が自らの身体に夫の霊を〝降ろし〟て、瑛子の口を貸して話させた。瑛子は生前の夫そっくりの声で、夫婦間でしか知り得ぬことを語った、という。電話越しではあったが、受け答えの間も、話し方の癖も、夫そのものだったらしい。

足腰の痛みが、瑛子が電話の向こうで手を翳すことで軽くなった。

瑛子の助言に従ったところ、孫娘の転職が上手くいった。

最近はこの辺りのほとんどの者が相談に乗ってもらっている。

無料で見てもらうのは申し訳ないから、金銭を支払ったり、獲れた野菜を分けたりもしている――

「今はそれで子供たちを養ってるんじゃないかな。家賃収入や貯えがあるのかもしんねえけど。新顔も来てるっぽいしな。中学、いや小学生かな。女の子」

「受け入れる余裕があるんですね」

「そうなるわな」

「なるほど。不思議な力を持つ女性の運営する、少年少女のための民間施設を、コミュニティ全体で受け入れていらっしゃるわけだ」

俺の質問に、老人は「全員じゃないよ」と答えた。最後に訊ねた農家の住人だった。庭先で煙草を吹かし、彼は皺だらけの顔をしかめながら、

「警戒してるのもいるよ。あんなのインチキだとか、そのうち高い壺買わされるぞとか。どう考えても怪しいって」

「ええ、たしかに」

「探りをいれたヤツもいたけど、結局分かんなかったんだよなあ。ハウス訪ねても引っ込んじまって、出てこないんだよ。ああ、でも旧姓が尾綱ってのは、本人が電話で言ってたって」

「尾綱……？」

記憶の片隅で火花が散ったような気がした。

尾綱。巫女。

何かを思い出しかけていた。本で読んだのか、取材で聞いたのか。どこだ。どこでその名を。自分の記憶力の駄目さ加減に呆れていると、いつの間にか老人が独り言のように話していた。

「まあでも、今が一番いいよ。他所様から見たら妙なのかもしれないけど」

「とんでもない。巫女の類は、かつてはどこの共同体にもいたようですし」

「だろ。俺も大昔、婆さんに聞いたことがあるんだ。カミサマだったかカミコサンだったか、そういうのが近所に住んでて、よく相談に行ってたって」

遠くを見つめる老人に、俺は最後の質問をした。

「総じて上手くいっている、ということですか？　鎌田ハウス自体もそうですが、ハウスと皆さんとの関係も」

「まあ、そうだな」

老人はうなずいた。

他の住民の回答も似たようなものだった。遠回しに「ハウスの環境は劣悪ではないか」「子供たちへの虐待はあると思うか」と訊ねてもみたが、誰もが「ないと思う」と答えた。

いくつもの疑問を抱え、真琴以外は知覚できない「明るさ」について考えながら、俺は車に戻った。真琴は助手席で目を閉じていたが、ドアを開けた瞬間に身体を起こした。

聞き集めたことを真琴に伝えてから、俺は住民から聞いた鎌田ハウスの電話番号をスマホに入力した。スピーカーに切り替え、相手が出るのを待つ。

何度目かの呼び出し音の後、応答があった。

「もしもし」

まだあどけなさの残る、少年の声が車内に響いた。ゴウだろうか。

緊張する前に俺は「突然のお電話、失礼します」と、お決まりの詫びの言葉を口にした。名乗ってすぐ、単刀直入に言う。

「栗林杏さんをご存じですね。そちらで暮らしていて、少し前にいなくなった」

「ええ」

「私どもが保護しました。いま都内の病院に入院しています」

少しの間があって、

「よかった。ありがとうございます。よかった」

少年は言った。

明らかに白々しい、嘘くさい反応だった。不審に思いつつ続ける。

「容態は正直なところ、あまり思わしくない。その辺りの詳細も含めて諸々、お話し合いができればと思います。お伝えしたいことも、お訊きしたいこともあるので」

アポを取るにはこれが最善だろう。この流れで断られるとも思えない。

「そうですか……」

また少しの間があって、少年が言った。

「では、お手紙でお願いできますか。宛先はこちらの住所になります。埼玉県――」

「失礼ですが、そんな余裕はありません。これからお伺いしても？」

「すみません。会ったことない人との込み入ったお話は、まずお手紙からとさせていただいております」

まだ幼い喋り方と、妙に大人びた喋り方が混在している。

「それは子供の相談の場合ですよね？　今回は状況が違う。緊急事態と言っていい」

「すみません。例外はないです」

「杏さんのことが心配ではない？」

「すみません」

「すみませんって」

思わず苦笑が漏れる。引き攣る頬を揉んでから再び訊ねる。

「それが代表の方のご意向ですか」

「はい。すみません」

「大変申し訳ありませんが、代表の方に替わっていただけませんか」

「できません。すみません」

「どうしても？」

「できません。すみませ――」

「ちょっと、ちょっと待って」

　真琴が割って入った。

「杏ちゃん、みんなを助けてくれって言ってて、だから来ました。あと、そっち――鎌田ハウスがおかしいって」

　あまりにも直球だった。

「代表の、ええと、瑛子さんに伝えてください。今すぐ杏ちゃんのことで話がありますって。今すぐ！」

　俺はシートに凭(もた)れて頭を抱えた。

　少年は黙った。

　通話が途絶えたわけではない。かすかなノイズがスピーカーから聞こえる。真琴は息を潜めてスマホを睨(にら)んでいる。

「……聞いてきました。伝言です。『承知しました。いつ来ていただいても結構です』とのことです」

少年は確かにそう言った。

「本当ですか？　本当に瑛子さんが？」と真琴。

「はい」

「失礼。五分後くらいにお伺いしても？」と俺は質問を挟む。

「はい。お待ちしております」

真琴が礼を言う前に、通話は切れた。

二人同時に溜息（ためいき）が出た。ややあって、真琴が口を開く。

「ごめんね、野崎」

「謝ることじゃない」

偽らざる本音だった。間違いなく俺には突破できない局面だった。真琴を助けよう、支えようとした俺は、結局真琴に助けられたのだ。

「詫びるべきは俺だ。すまないな、遠回りして」

「全然」

真琴は答えた。

何かを言いかけて、やめる。

「どうした」

「杏ちゃんが病院で大変なことになった時、覚えてる？　見えない何かに押し返されて、突き飛ばされた」

「ああ」

「あれね、わたしや姉ちゃんと似てるって思った。あ、もちろんわたしにああいうことはできないよ。でも根っこのところが近い感じがしたっていうか。だから……『力だ』って言おうとしたの。わたしたちと似た力」

「要は——悪い霊能者の仕業だ、と？」

「多分ね」

俺の冗談めかした問いに、真琴は大真面目に答えた。

集落の外れ、山の際に鎌田ハウスはあった。駐車場らしき空き地に車を停める。

鎌田ハウスは古い造りの、そこそこ大きな平屋だった。庭に縁側に雨戸。半開きの玄関引き戸の向こうに、広い土間が見える。

縁側の手前にある庭の物干し竿には、たくさんの洗濯物が干してあった。黄ばんだシーツが、擦り切れたジャージが、ロゴのかすれたスウェットが、湿っぽい風にはためいている。

真琴が俺を見てうなずいた。

ドアホンの類は見つからず、引き戸をガラガラと開け放って、家の中に呼びかける。

しばらくして現れたのは、十代後半か二十代前半らしき青年だった。グレーのスウェットは上下とも窮屈そうで、黒髪は肩まで伸びている。しょうゆ顔にうっすら笑みを浮かべている。胸元に「塩貝琢海」とあった。タクミだ。

「ようこそおいでくださいました。杏を保護してくださって、ありがとうございます」

青年は落ち着いた声で言って、お辞儀をした。こちらを警戒している様子はまるでない。

改めて用件を伝えると、タクミは「どうぞ」と俺たちを招いた。靴を脱いで上がり、彼に先導されるまま廊下を歩く。そっと歩いているのに、廊下の板張りは酷く軋んだ。

澄んだ空気が流れていた。

「タクミくん」

真琴が呼んだ。

青年は立ち止まることなく振り向いた。

「杏ちゃんから聞いたんだけど、ここで暮らしてる子が、おかしくなったって……」

「そんなことはないです」

タクミは答えた。

「杏はここに馴染めなかった。それでちょっと、心のバランスを崩してしまった。いい悪いじゃない」

「でも」

「ハマらなかっただけです」

「だけ、って……」

「ところで」俺は口を挟んだ。「これはどこに向かっているの？　用件は伝えているけれども」

「瑛子さんのところにご案内しますよ」

タクミは当たり前のように答えて、足を止めた。すぐ右手の襖を開け放つ。

居間だった。

中央のテーブルの奥に、二十歳くらいのプリン頭の女性が立っていた。二つの湯呑みに、急須で茶を注いでいる。

「ルルナ」

タクミが呼ぶと、女性はこちらに気付いて「こんにちは」と笑顔で言った。前歯がなかった。

「粗茶ですが」

「いえ……まず瑛子さんにご挨拶させてください」

俺の言葉に、ルルナは歯抜けの笑みを浮かべたまま「では、後ほどお部屋にお持ちします」と答えた。

湯呑みから溢れた茶が、テーブルに広がっていた。湯気が立ち上っていた。

真琴は目を見張っていたが、振り切るように歩き続けた。

廊下の角に今となっては懐かしい、木製の電話台があった。固定電話が置かれている。その隣に茶髪の、ニキビ面の少年が立っていた。短ランにボンタン姿だった。

タクミが声をかけた。

「ゴウ」

「こんにちは」

突っ立ったまま俺たちに挨拶する。右手は受話器の上に置かれたままだった。

「ずっと……電話の前にいるのか？」

俺は思わず訊ねたが、ゴウもタクミも答えなかった。

寒気が背筋を撫でた。

外も内も清潔だった。妙なにおいも物音もしない。子供たちも物腰穏やかで礼儀正しい。だがここはおかしい。明らかにおかしい。

ギシッ、ギシッと床板の鳴る音が、やけに耳に障る。前を歩く真琴の肩に、力が入っているのが分かった。

案内されたのは一番奥の部屋だった。襖を半分だけ開け、タクミは「どうぞ」と中を手で示した。

八畳間だった。

弱々しい照明が一つ点いているだけで、薄暗い。最小限の家具が壁際に置いてある。中央に布団が敷いてあった。

その上に細身の女性が座っていた。腹の辺りまで布団を掛けている。

ゆったりした黒のフリース。長い髪は半分以上が白く、顔がほとんど隠れている。

「失礼します。鎌田瑛子さんでいらっしゃいますか」

俺の質問に彼女は全く反応しなかった。この姿勢で眠っているのだろうか。そう思った時、

「そうだよ」

あどけない、子供の声がした。

女性の胸元に、ぬっと白い顔が現れる。

「わっ」

真琴が大袈裟に仰け反った。俺も声を上げそうになったが、辛うじて耐える。

女性の掛けていた布団の中から、一人の少女が現れた。額を出したお下げの黒髪に、黒い長袖ワンピース。切れ長の目。

「こんにちは」

少女はちょこんとお辞儀をした。

「君は……？」

質問してすぐ、住民の証言を思い出す。

ふっ、と少女は微笑して、

「ナナコです。十三歳。一昨日、ここに来ました」

新顔が来たと言っていたのは、この子のことか。一昨日なら杏が把握していないのも当然だ。

「ここで何をしてるの？」

「抱っこ。してもらってた。お母さんに」

ナナコは傍らに座る女性に凭れかかった。

十三歳にしてはかなり小柄だった。それに行動が幼い。発言も妙だ。違和感が沸き起こったが、俺は意識して拭い去る。

親の愛情に飢えて育った子供なら、母親代わりの人間に「抱っこ」されたいと願うのは自然なことだろう。少年院には特定の教官に極端に反発し、かと想えば極端に甘えてみせる少年少女がいるらしい。擬似的な親子関係の中で、子供時代をやり直しているのだ。それまで叶わなかった「愛されて育つ子供」を。

「ナナコちゃん、と呼んでいいのかな」

俺は訊ねた。

「うん」

「ナナコちゃん。〝お母さん〟って、瑛子さん？」

「そうだよ」

「瑛子さんとお話、できるかな」

真琴が少し屈んで訊ねた。杏について簡単に説明して、「大人の大事な話なんだ」と付け加える。

ナナコは少し考えて、「分かった」と部屋を出た。ぴしゃん、と襖が閉まった直後、小声での遣り取りと笑い声、足音が遠ざかる。廊下に突っ立っていたタクミと、話しながらどこかへ行ってしまったらしい。

「……さて」

俺は布団の外、瑛子の斜め前に腰を下ろした。真琴が隣に座る。

「鎌田瑛子さん。どういうことか、ご説明いただきましょうか。まず栗林杏に何が起こっているのか。いや——あなたが杏に何をしたのか」

真っ直ぐに攻め込む。

「次に、あなたがここで、子供たちに何をしているのか」

瑛子に少しだけ顔を近付けて、

「答えてください。しらばっくれても無駄です。隣の同伴者はあなたと似たような人種だ。あなたの力を知覚している」

と、小声で言う。

彼女の顔にかかった長い髪が、規則正しく前後に揺れていた。呼吸をしている。髪の間から虚ろな目が見える。

指先が微かに動いた。

「ふ」

瑛子は奇妙な声を上げた。

「ふふ……ふふふ」

笑い声だった。

唐突に、僅かに肩を震わせて、控え目に、首を絞められた小鳥のような声で、明らかに嘲りの響きを伴って、彼女は笑っていた。

乱杭歯が髪の奥に見えた。

「……何がおかしいの？」

先に反応したのは真琴の方だった。

「悪いこと、してるよね。力を使って、子供たちに変なことしてる。どういうこと？　そんなのアリだと思ってるの？　思ってるんだよね」

膝に置いた拳を、音の出そうなほど握り締めている。

「落ち着け、真琴」

「ごめん野崎、無理。ずっと我慢してたけど限界」

「気持ちは分かるが――」

「子供たちを元に戻して」

真琴は言った。

口を押さえて笑っている瑛子に、

「戻して」

と、繰り返す。

瑛子の笑い声が弱まって、途絶えた。彼女の小さな呼吸音だけが部屋に響いていたが、それも消える。

照明からぶら下がった紐が、微かに揺れていた。

瑛子が口元から手を離した。何をする気だ。

身構えた瞬間、

「ああ、あ、あー……」

溜息交じりの声がした。

「疲れた。毎日毎日、ほんと疲れた。何でこんなことに」

さっきまでとは調子が違っていた。

「仕事、子供、仕事、子供、子供、子供、子供、仕事……」

倦み疲れ、恨みがましく、人生を悲観している。そんな負の感情に充ち満ちている。聞いているだけで気が滅入った。

平静を装って俺は訊ねた。

「すみません、失礼ですが何の話を――」

「遠回りだった！」

瑛子は両手を振り上げ、布団を叩いた。ぼふ、と間抜けな音がした。また叩く、また叩く。布団の上で背中を丸め、力なく布団を殴り続ける。

「そりゃ子供は好きだったよ。好きだった。でも、こんなに産むなんて予定してなかった。こんな、子供の世話ばっかりの、自分がどこにもいない……」

ううう－、と呻く。

意味不明の独白に俺は戸惑った。

瑛子はパニックに陥っているのか。昔話を語っているのか。だが近隣への取材では、彼女が子沢山だという話は全く出てこなかった。

「真琴、どういう――」

最後まで訊けなかった。

真琴は真っ青になっていた。目尻が裂けそうなほど目を見開いていた。

「どうした」

答えはなかった。呼びかけても肩を揺すっても、こちらを向こうとしない。

声を張ろうとしたその時、瑛子が言った。

「それに比べて真琴。お前はいいね」

伏せていた顔をゆっくりと持ち上げる。ほとんど髪に隠れているが歯を剝いているのは分かる。

「羨ましいよ。だってさ、全部の時間を自分のためだけに使えるんだろ？　邪魔者はいないんだろ、一人も。一人たりとも。え、真琴？」

「…………」

「邪魔だもんねえ。子供も、それも。余計なもの、幸せを潰す敵だよ」

伸ばした指は真琴の腹の辺りを指していた。

「……違う」

真琴は目を見開いたまま、震える唇で答えた。その声は酷く頼りなく、弱々しい。

「違わないよ」

瑛子が突っぱねた。

「真琴……あんた、わたしが磨り減ってくのを見てただろ。そんなわたしが嫌いだったろ。ああはなるまい、あんな人生だけは送るまい。そうずっと思ってた」

「思って、ない」

「そのくせわたしが商売を始めたら、母親なのに無責任だって思った。自分たち子供を捨てて、楽しそうにしてるのはおかしいって」

「思ってない」

声を張る。

瑛子は「へえ」と嘲るような声を漏らし、

「じゃあわたしが好きだった？　例えば琴子と比べてどうだった？　美晴とは？」

「それは」

真琴は答えなかった。

顎に脂汗が光っている。

琴子。真琴が心から慕う、六つ上の姉の名前だ。美晴は四つ上の姉で、既に亡くなっている。何故ここで彼女たちの名前を。何故瑛子は、数分前に会ったばかりの真琴の、二人の姉の名を。

照明の紐が大きな円を描いていた。

「知ってるよ真琴。あんたには子供ができない。力を使って人助けをしてる。何でか教えてやろうか」

瑛子は両手でシーツを掴み、真琴に顔を向けた。

「あんたはね、わたしみたいになりたくなかったの。子供の面倒見るだけの人生なんて真っ平御免だった。かといって商売に夢中になるわたしも好きになれなかった。でも――楽しそうに商売するわたしのことは羨ましかった」

真琴の顔が歪(ゆが)んだ。

「子供なんか要らない。力を使って楽しく生きたい。そう思ってあんたは今みたいになった。無理して力を手に入れて、それと引き替えに子供を産めなくなった――そう人には説明してるみたいだけど、そんなの嘘だよ。最初から望んでたんだ。あんたは自分の意志でそうなったんだよ」

「違う！」

真琴が叫んで、腰を浮かせた。

「いいや違わない。違わないね。よかったねえ幸せになれて。邪魔な子供がいなくて幸せだろ。特別な力を振るえて楽しいだろ。おめでとう。本当におめでとう」

「違う！　黙れ！」

「よかった、よかったねえ、ははははははは！」

高らかに笑う瑛子に、真琴は言った。

「黙って母さん！」

俺は目を見張った。

途端に怖気が全身を貫いた。

口寄せだ。瑛子は途中から口寄せをしていたのだ。喋っていたのは瑛子自身ではない。瑛子の声帯と口を借りただけの別人だ。別人の霊だ。それはおそらく、きっと、間違いなく——

母親だ。

とっくに亡くなった、真琴の母親の霊だ。

「止めて……止めてよ、お願い……」

真琴は頭を抱えて畳に丸くなった。啜り泣いている。譫言のように同じ言葉を繰り返している。

彼女を抱き起こそうとして、俺は異変に気付いた。

見えないものが、真琴の身体に纏わり付いていた。

杏の時と同じ感触だった。瞬く間に俺の腕に、身体に這い上る。快適だから不快だった。引き剝がそうともがけばもがくほど、強くへばり付く。

心地よい。力が抜けていく。畳から起き上がれない。

いつの間にか立ち上がっていた瑛子が、俺たちを見下ろしていた。

「会えてよかった、真琴。幸せそうで何よりだよ」

「止めて……」

真琴がまた言った。

それが合図であるかのように、俺の意識は遠のいていった。

四

（ねえ、野崎）

遠くで声がする。

途端に全身の不快感に気付く。

大量の汗をかいているらしい。

（野崎、野崎）

熱が出ているのがわかった。喉（のど）も、身体の節々も痛い。瞼（まぶた）に目脂（めやに）がこびり付き、開けることができない。

「野崎っ！」

頬に鋭い痛みが走った。

意識が一気に回復し、勢いで目も開く。途端に小さな悲鳴を上げてしまう。

俺は車を運転していた。

夜道を猛スピードで走っていた。

対向車のヘッドライトが正面から迫っている。トラックだ。このままでは危ない。

クラクションが鳴り響いていた。

咄嗟にハンドルを切り、あわやというところでトラックとすれ違う。後続がないことを確かめて減速し、路肩に停める。

トラックのテールランプはみるみる遠ざかり、視界から消えた。激しい動悸に喘ぎながら、俺は辺りを見回した。

真新しい道路だった。

見える範囲には車も歩行者もおらず、左右には田圃が広がっている。来る時に通った記憶が甦った。どうやら俺は帰ろうとしていたらしい。

午後十一時を回っていた。

「危なかったあ」

後部シートに真琴がぐったりと転がっていた。腫れた目で俺を見上げる。頬も首も汗だくだった。

「ごめんね、引っ掻いて」

自分の爪を指し示す。両頬に触れて確かめると、左右それぞれ三筋、引っ掻き傷が斜めに走っていた。ひりひりと痛む。

「野崎、大丈夫？」

「頬以外はな。お前はどうだ、真琴」

幸いなことに軽い風邪のような症状が出ているだけで、俺も真琴も大きな異状はなかった。呼吸が落ち着くにつれ寒気が酷くなり、季節外れの暖房を点ける。

「悪い霊能者……」

真琴がつぶやいた。

「しかも、強い。ううん、上手いっていうのかな。簡単に、転がされた」

口寄せで精神的に揺さぶりを掛けられた真琴は恐怖し、パニックに陥った。その隙を突かれ、力で意識を飛ばされた。

一方で俺はあっさり気絶させられ、そのまま車の運転をさせられた。あのタイミングで真琴に起こされなかったら、どうなっていたか。想像した途端に吐き気が込み上げる。

ハンドルに額を付けて乱れた呼吸を整えていると、真琴が言った。

「あんなの初めてだよ。悪いニセモノは何人か会ったことあるけど、悪いホンモノなんて」

「俺もだ。しかも目的が不明と来てる。どういうつもりだ。何の理由があって、わざわざこんな田舎の、更生施設に」

「子供……」

真琴がつぶやくなり震え上がった。

「ごめん野崎。さっきのあれ、忘れて。あの——母さんが言ってたこと」

「ああ」

訊きたいことはいくつもあったが、それだけを返す。俺の心をあっさり見透かして、彼女は言った。

「本物かどうかは、よく分かんないけどね。自分にはその、クチヨセ？　できないし。でも、同じだった。声も話し方も、細かいとこまで全部。特に死ぬちょっと前の感じにそっくり。喋り方がこう、大袈裟っていうか」

唇を嚙む。

「……あの人とあんまり仲良くなかったのは事実で、嫌いだった時もある。ううん、今も全然好きじゃないんだと思う。きっかけとかは特にないんだけど。いや、あることはあるけど、しょうもないことばっかり」

洟を啜る。

「野崎に話したこともほとんどないでしょ。姉ちゃんに比べたら全然」

「ああ」

真琴は少し迷って、話し始めた。

「あの人は子供を七人も産んで、ずっと大変だったの。共働きで、でも母さん、あんまり儲かる仕事には就けなくて。毎日ヘトヘトになってた。でね、ある日商売を始めたの。たしかわたしが中学に入った頃」

シートに身体を預ける。

「お金を貰って占いとか、お祓いとか除霊とかをする。基本は都内だけど、遠くにもよく出張してたよ。父さんがマネジャーみたいなことして。講演みたいなこともしてたっぽい」

俺が黙って聞いていると、

「それまでと違って、楽しそうだった」

真琴は沈んだ表情で言った。

「別人みたいに生き生きしてた。前より収入が増えたからってだけじゃない。子供から……わたしたちから解放されたから、だと思う。あとは――」

「大勢に向けて言葉を発信できたこと、それに耳を傾けてもらえるようになったこと、ってのもあるんだろうな」

「うん、わたしもそう思う。何で分かったの？」

「乱暴に言うと本来的だからだ」

現在の霊能力だの、霊感だのといった概念のご先祖様と言っていい思想――スピリチュアリズムは十九世紀のアメリカで興ったが、それが何故、欧米で広く受け入れられたのか。

当時広まっていた女性解放運動、女権拡張運動と親和性があったからだ。霊能者を自称するのは多くが女性だったが、彼女らはその能力を商売にし、大勢の人の前で披露することがあった。異様な音を聞かせる。死者の声を聞き、伝える。当時の大衆にとって、それは霊とは無関係に斬新だった。本物かイカサマか以前に衝撃的だった。

公の場で女性が直接、主体的に発言する——それ自体が当時ほとんどタブーだったからだ。「おかしい」「はしたない」と拒否感を覚える人間もいただろう。女は家から出るな、子育てと家事に専念していろ、と。

父権的なキリスト教文化圏の、しかも家庭という狭い世界、母親という一つの役割に押し込められた女性を、真に自由にしてくれる思想。そして男性と同等の権利を女性に認める思想。スピリチュアリズムをそう評価し、霊能者と接触する活動家、親交を深める活動家は少なからずいたらしい。

「母さんはベタだった、ってこと？」

「内面化している、と言った方がいいかもな」

「そっか」

真琴は窓の外に目を向けた。車も歩行者も通らない、田舎の、整備されたばかりの道路を見つめている。

俺が煙草のケースから一本引き抜いたその時、彼女は口を開いた。

「出鱈目(でたらめ)だよ。あの人が言ってたの」

「分かってる。お前は子供好きだ。俺の知り合いの中でも相当な部類に入る」

「でも……言われてちょっと、納得しかけた。危なかった。何でだろうね、全然好きじゃない人の、失礼な、ものすごくイヤな決め付けなのに」

目に涙を浮かべて、笑ってみせる。

掛ける言葉が思い付かず、俺は煙草に火を点け、窓を開けた。熱でぼんやりした頭に夜風が心地よい。一方で喉(のど)も肺も煙草のせいで痛む。

苦痛に耐えながら煙草を一本吸い切り、灰皿に突っ込んだところで、

「戻る」

真琴が言った。

「ハウスに行って、さっきの瑛子って人にもっかい会おう」

「確かに悠長にはしていられないが……」

「わたしなら大丈夫」

真琴は少し躊躇(ためら)って、

「まあ、あの人だって何度も降りてきたりしないだろうし」

と、自分に言い聞かせるようにつぶやいた。

五

車から降りて鎌田ハウスの門をくぐるまでの、ほんの十数メートル歩いただけで息が切れた。ふらつく真琴を支えながら瑛子の許に向かう。

瑛子は縁側に座っていた。

膝枕で寝かせたナナコの頭を撫でている。ナナコは心地よさそうな表情で、庭を見つめていた。

庭の中央で無表情のタクミとゴウが、いくつものゴミ箱をひっくり返していた。ゴミは大多数が紙屑で、膝の高さほどに積まれている。ルルナとケンタの姿はなかった。

庭に出た俺と真琴が声を掛けようとすると、瑛子はそっと、ナナコを縁側に座らせた。立ち上がってふらふらと、積まれたゴミの山の方へ向かう。屈んでくしゃくしゃに丸まった紙屑を摘まみ上げ、こちらに投げて寄越す。

紙屑は俺の足元に落ちて、止まった。拾い上げて開いて、家から庭に降り注ぐ光に照らし、それが何であるか悟る。

未開封の封筒だった。〈かま田ハウスさまへ〉と下手くそな字で宛名が書かれている。

「全国から来るの」

ナナコが言った。投げ出した足をぶらぶらと揺らしている。

「ほとんどはね、うちの子預かってくださいってやつ。たまに子供のもあるけど。そっち行ってもいいですか、みたいな」

「そんな大事な手紙、捨てちゃうの？　開けもせずに」

真琴が訊いた。

声から戸惑いと悲しみ、そして怒りが滲み出ていた。

「そうだよ真琴」

瑛子が答えた。

真琴の母親の声だった。

手紙の山を指す。

「これは要らない子の山なんだよ。それが毎日来る。うちの邪魔者をお宅に廃棄していいですかって。ボクはワタシは邪魔者だから自分を捨てに行っていいですかって」

暴言もいいところだった。馬鹿馬鹿しくて反論する気にもなれない。素直に喩えるなら手紙は救難信号だ。我が子を助けてくれ、自分を救ってくれと鎌田ハウスに頼んでいる。

「真琴はよかったねえ。こういう面倒臭いこととは無縁だろ」

彼女は確信に満ちた声で言い放つ。

「大事な手紙って言ったけど本当は見下してるんだ。分かるよ、こんな下らないことに悩み苦しんで、どいつもこいつも馬鹿だなあって。最初から産まなきゃいいのに、そうすれば自分みたいに楽しく生きていけるのにって」

聞いているだけで頭に血が上った。

真琴は険しい顔で瑛子を睨み付けていた。

タクミが封筒の前に屈んだ。使い捨てライターを取り出し、火を点けようとした。

「やめろ、燃やすな、なんて言わないよねえ真琴。本当は燃やしていいと思ってる。馬鹿な親が馬鹿な子の始末に困って書いた、馬鹿な手紙なんか」

可笑しそうに身を捩る。

ふうう、と真琴が長い溜息を吐いた。

スタスタとタクミに近付き、ライターを奪い取る。そのまま遠くに投げ捨てる。かつん、と庭の隅の闇から、ライターが地面に落ちる音がした。

ライターを取られたタクミは、何の反応もしなかった。しゃがんだまま封筒の山を見つめている。ゴウは真琴を眺めて突っ立っている。

縁側のナナコが、揺らしていた足を止めた。

「母さん」

真琴が言った。

瑛子と、いや——瑛子の身体を借りた母親と、封筒の山を挟んで向かい合う。

「思い出したよ。この山を見て、手紙の話聞いてたら思い出した」

紫の髪が風になびく。

「中二か、中三か。忘れたけど家のテーブルに封筒が置いてあった。中にはチラシが入ってた。違うな、プリントって言った方がいいかもしれない。お役所とかに置いてある地味なやつ。それがね、母さんの講演会の案内だったの。隣町の公民館だかの、小っちゃい会議室。レイとかタマシイとかの、ありがたいお話をするみたいな」

「ああ、そういう仕事もしたよ。それが何？」

母親の問いに、真琴は答えた。

「講演会のタイトルは、『愛と霊魂　七人の子を育てて』だった」

一呼吸置いて、

「チラシには母さんの写真と、子供が描いた下手くそな絵が載ってた。あれは誰の絵だったのかな。時期的に下の二人だよね。肇（はじめ）？　栞（しおり）？」

母親は答えなかった。

その長い髪も風に揺れている。

「思ったんだよ、その時——ああ、この人ほんとに調子いいなって。きっと理想のお母さんの顔して、理想のお母さんの立場で喋るんだなって。その方がウケるから、聞いてもらえるからって」

風が渦巻いていた。音がしていた。

「今まで忘れてたのは、きっとあれだよ、悪い、罪の気持ちのやつ」

「罪悪感」と俺は口を挟む。

「それ。こんなことで嫌いになるのはよくないって、思ったみたい」

真琴は淋しそうに微笑んだ。

何通もの封筒が庭を舞っていた。真琴と母親の周りをくるくると躍っている。

「母さん」

「何だい」

「帰って。二度と戻ってこないで」

「へえ、偉くなったもんだねえ。わたしに指図するなんて」

「そういうの、もういいから」

「はあ?」

「生きてた頃と一緒だ。呼ばれたのが嬉しくてノコノコやって来て、お客さんの求めてるとおりに振る舞って」

「何を言ってるの?」

「娘を抑え付けて、支配する母親。それを演るのが今は楽しいんだね。その悪い霊能者に必要とされてるから」

「真琴」

「その方がウケるからって、それだけの理由で」

「真琴、あんた……」

「馬鹿みたい」

真琴の片頬を涙が伝った。

「帰って、母さん。違う——比嘉栄恵。ここはお前の来るところじゃない」

「お前……？」

ギリギリ、と母親が歯を食い縛る音がした。

「わたしに子供はいない。これからもできない。でも、それはお前とは何の関係もない。それ以外のこともお前とは関係ない。帰って。帰れ。もう二度と利用されるな」

真琴は涙を拭い、左手で右手の指輪に触れて、小声で何かを唱える。

不意に頰の傷が疼いた。

思わず押さえた指先に、真っ赤な血が付いていた。動悸が速まっている。頭痛までする。

真琴の母親——栄恵が不意に頭を抱えた。立ったまま身を捩り、獣のような唸り声を上げる。

タクミが中腰になった。

と思った次の瞬間には、ばったりと庭に伸びた。

ゴウが膝から崩れ落ちる。

頬の傷から血が止まらない。首にまで伝っている。

真琴は目を閉じて指輪に触れていた。

「まこと……やめて」

栄恵がよろめいた。ふらふらと、目でも回したかのように身体を傾け、大きく回り込んで、真琴のもとへ歩み寄る。

「まことお、まことおお。おねがい」

甘えた声を上げて跪き、真琴の腰に縋り付く。

真琴が目を開けた。

海の底のような静けさを湛えた瞳で、母親を見下ろす。

紫の髪が風に揺れている。

「じゃあね」

きっぱりと言って、栄恵の頭に触れる。

栄恵が小さな悲鳴を上げて、固まった。

風が止む。頭痛が遠のき、頬の疼きも引いていく。静けさが庭に、鎌田ハウスに戻っていく。

帰った。そう直感した。

比嘉栄恵はもう、ここにはいない。真琴に縋ったまま動きを止めた白髪の老女は、鎌田瑛子だ。その彼女もまた、真琴の力によって押さえ付けられている。

身体の緊張が解けた、その時。

「……どういうこと？」

真琴がつぶやいた。

目には困惑の色が浮かんでいる。覆い被さるように瑛子の顔を両手で掴み、食い入るように見つめる。

「どうした」

俺は訊ねた。

「おかしい。向きが違う。出所が違う。顔だって……何で気付かなかったんだろう」

「すまん、分かるように――」

「この人じゃない。ううん、この子じゃない」

真琴が顔を上げた。倒れているタクミとゴウに目を向けて、

「この男子たちと一緒。操られてただけ」

突然のことで頭が働かない。だから、つまり、どういうことだ。

問いかけようとすると、真琴がもどかしそうに、

「瑛子は別にいるの」

と言った。

俺は駆け寄って、真琴の言う〝この子〟を見た。

若い女性だった。子供と言っていい。おそらくは十代後半。半開きの口から覗く歯はガタガタで髪も大半は白いが、顔立ちには未熟さが残っていた。

パチッ、と乾いた音がした。

燃えた木が爆ぜる時の音だと気付いたのは、木が焦げた臭いを嗅いだからだった。

鎌田ハウスの家屋が、煙を吐いていた。

ナナコがいなくなっていた。

ルルナとケンタはどこだ。

「真琴、消防車と救急車を頼む」

それだけ言って、俺は鎌田ハウスに駆け込んだ。真琴が呼ぶ声がしたが、返事をする余裕も振り返る余裕もなかった。

中腰で煙を避けながら廊下を進んだ。

煙ばかりで火はまだ見えない。

まだそこまで燃え広がってはいないらしいが、それも時間の問題だろう。子供たちの名前を呼びながら部屋の一つ一つを確かめる。意識は早くも朦朧としていたが、引き返す気にはなれなかった。

子供用の寝室らしき和室で、ルルナが仰向けに倒れていた。煙を吸ったのか気絶している。抱きかかえて部屋を出ると、視界の隅で赤いものが揺れた。

一番奥の寝室が火を噴いていた。襖を焼き、柱を焼き、床に、天井に広がっていく。熱い風が肌を撫で、頬の傷口にジリジリと潜り込む。鼻の粘膜を焦がす。

涙が止まらなくなっていた。

呻きながら来た道を引き返す俺の周りを、燃える襖紙や木屑が舞っている。男性K－POPアイドルグループのポスターも、アニメのポスターも。

ルルナを抱いたまま狭く滲んだ視界で必死に、殆ど這うようにして歩いていると、前方に何かが立ち塞がった。

脚だった。

白く細い、子供の脚だった。

同じく白く細い、手も見えた。

それ以外は闇に溶け込んでいる。いや――黒い服だ。顔は煙に隠れている。

「どし　じゃます　の」

幼い声が途切れ途切れに、耳に届く。

名前を呼ぼうとしたが、激しく噎(む)せてしまう。

「いらなく　　こ　　くわり　あげて　　に」

何か言っている。

不満があるらしい。俺を詰(なじ)っているらしい。

「たくみはとくにえいよう　てたから　かあ　んになってもら　たのに」

白い手をこちらに差し出す。

あの感触を首に感じた。この燃える家に全くそぐわない、涼やかで爽(さわ)やかで心地よい感触。手足に広がっていく。

耳の穴に何かが流れ込んだ。

「ひとりふたり死んでもらわないと」

声がはっきりと聞こえた。

背中が熱い。腕の毛が焼けたのを感じる。それなのに動けない。逃げられない。

「これからもずっと、ずっと――」

「野崎！」

怒鳴られた。真琴の声だった。姿は見えないのに、はっきりと聞こえた。

途端にあの感触が薄れ、身体から剝(は)がれ落ちていく。耳からも抜ける。

「野崎！　どこ！」

近付いてくる。

「な　だ」

白い手足が遠ざかった。ワンピースの裾(すそ)を翻し、煙の向こうに消える。いなくなる。

残ったわずかな力を振り絞って、俺は再び歩き出した。

六

目を開けると、白い天井が見えた。

病院だった。病院のベッドに寝ていた。身体に全く力が入らない。

左から男の人が覗き込んだ。両方のほっぺに絆創膏(ばんそうこう)が貼ってある。

その隣から女の人が覗き込んだ。髪の毛は紫のロングで、吸い込まれそうな目をしている。

右から覗き込んだのは、お袋だった。

目も鼻も真っ赤だった。涙と鼻水が一気に溢(あふ)れ出す。震える声で、こっちに呼びかける。

「タクちゃん」

「……よお」

答えた途端、お袋が泣きながら抱き付いてきた。

重い、と思った瞬間、強烈な目眩(めまい)がした。お袋に呼ばれているのは聞こえたけれど、返事をする前に意識が遠のいていった。

「タクちゃん、琢海、たくみ……たく……み……」

※　※

「琢海、琢海。見て」

瑛子さんが手をかざすと、電灯のスイッチ紐(ひも)がゆらゆらと揺れ始めた。豆電球の弱い光の中で、音もなく。

寝室だった。布団に座って瑛子さんと向かい合っていた。隣の布団で杏が小さな鼾(いびき)を立てている。

「すげえ。どうやってんの？」

「手品じゃないの。見えない力で動かしてる」

「何バカなこと言ってんだよ」

「本当のこと。ほら」

瑛子さんに手を取られた。彼女に見つめられる。切れ長の目を見ていると、身体の中にじわりと何かが入ってくるのが分かった。瑛子さんの手から、自分の手に。

「え……何これ」

「栄養」

瑛子さんが言った。

温かくて柔らかい何かが、身体に染み渡る。

はああ、と変な声が出る。豆電球の光がたくさんの粒になって降り注ぐ。粒の一つ一つが小鳥みたいに囀（さえず）っている。それが鼓膜を打つ。杏の鼾。衣擦（きぬず）れの音。いつもの何倍も立体的に聞こえる。そのことに感動する。

「どう？」

「すごく……気持ちいい。嬉（うれ）しい。ありがとう瑛子さん」

「どういたしまして」

瑛子さんは満足げな表情を浮かべて、手を離した。

※　※

瑛子さんが満足げな表情を浮かべて、受話器を置いた。

「何の電話？」

「お礼。関節痛がなくなって、楽になったんだって。あと眠りも深くなったって」

「すげえ」

「大したことじゃないの」

謙遜だった。瑛子さんは不思議な力で、電話越しにご近所さんを助けていた。幸せにしていた。

「でも瑛子さん、毎日大変だよな。しょっちゅう電話で相談されて。近所のやつらムカつくわ、瑛子さんのこと利用しやがって。おっさんとは距離置いてたくせに……」

「怪しむ人は今もいるんじゃない？」

「いる。馬鹿じゃねえの」

「ふふふ」

瑛子さんは口元を押さえて、

「持ちつ持たれつ、困った時はお互い様よ。ハウスの子に何かあった時、ご近所さんが助けてくれるようになってくれれば、わたしはそれでいいの。でも確かに、わたしがずっと電話してたんじゃ、ハウスは回らなくなる。どうでもいい世間話とか、そんなので電話してくる人も結構いる」

「だよな」

「うん。だから電話番を決めた」

瑛子さんは視線を轟の部屋に走らせた。

襖（ふすま）が開いて、轟が出てきた。スタスタと歩いて、電話の前に立つ。受話器に手を置く。

「よろしくね、轟」

「うん」

轟は大きくうなずいた。

瑛子さんはニッコリして、轟の二の腕に触れた。

轟がぶるるっと、身体を震わせた。嬉しそうに天井を見上げる。

来た時より背が伸びていた。心の栄養だと思った。

この鎌田ハウスでみんなと暮らすことで得られる栄養。

そして、瑛子さんが注ぎ込んでくれる栄養。

「琢海」

呼ばれて振り返ると、杏が不安げな顔で立っていた。

※　※

呼ばれて目を開けると、杏の顔が鼻先にあった。

「どうした？」

「おかしいよ、こんなの」

杏は囁き声で言った。

布団に包まっていた。時計を見ると明け方の四時だった。

「変になってる。この家の空気もそうだし、みんなも……」

「そうか？」

周囲に意識を向けた。

空気はきれいだった。臭いもしない。いっぱい吸い込んで、吐く。それだけで気分がすっきりした。

「どこが？」

「だって」杏は目を潤ませて、「瑠琉南は台所にずっといて、ご飯作って食べてお茶淹れて飲んで寝るだけだよ。轟だって電話取って、ご飯食べて寝るだけ。健太は宅配便の人とかお客さんの応対して、ご飯食べて寝るだけ。話も何か、ちょっと嚙み合わないし。ううん。全然噛み合わない」

「風呂には入るし、服も着替えるぞ。歯磨きとかメイクとかも……」

「そこはいいの、そういう細かい話じゃなくて」

「いいんだよ。みんなやるべきこと、一番向いてることをやってるだけだ。無駄を省いて、みんなで鎌田ハウスを回してるんだよ」

「琢海はああいう感じになりたいの？」

「ああいうって……いや、分かんない」

考えようとするとイライラした。

杏の指が顔の前に迫った。前髪に触れる。頭を撫でる。

「ちょっとの間に、こんなに伸びて、こんな白くなるなんて。顔も。おかしいよ」

「いいことじゃんか。栄養が回って育ってるんだぞ」

瑛子さんには一日一回、朝に栄養をもらっていた。おかげでずっと元気だし、幸せだし、毎日が楽しい。

楽しくて、楽しくて、楽しい。これのどこが問題なのか。杏の泣きそうな顔を見ていると、またイライラしてきた。おやすみ、と寝返りを打って、杏に背を向ける。

目を閉じて一分くらい経った頃。

「琢海」

杏が呼んだ。

「瑛子さんって、何なの」

イライラしてムカついたから答えなかった。

気が付いたら朝だった。

※　※

気が付いたら病院のベッドの上だった。

窓の外はオレンジ色で、夕方だということは分かる。

「お袋……お袋は、どこ」

ほとんど無意識に訊ねていた。

紫色の髪をした女の人が、笑顔を見せる。

「仕事の電話が入ったみたい」

「そう」

大きな溜息が漏れる。途端に腹が鳴る。女の人が「お菓子とか、食べていいんだっけ」と訊く。

「さあ」

病院の決まりは思い出せなかった。今日は何日で、入院して何日経つのか、それも分からない。

そう伝えると、女の人は「ああ、だろうね」と心配そうに言った。

「途切れ途切れって言うのかなあ。起きてちょっとして寝て、また起きて寝て。それを繰り返してるの」

「そう」

「夢を見てるっぽい時もあるよ。寝言とか、閉じてる瞼越しに目がぐりぐりって」

「ああ……」

何となく理解する。今と少し前のことをごっちゃに、バラバラに生きてる感じがするのは、そのせいだ。頭が上手く働いていないのだ。

女の人は呑気にスマホを見ていた。少しして、彼女は明るい表情でこちらを見た。

「杏ちゃん、明後日に退院できそうだって」

※　※

「杏ちゃん、昨日からほとんど食べてないじゃない。どうしたの？」

瑛子さんが訊ねたが杏は答えなかった。瑠琉南の作った夕食にもほとんど手を付けていない。

　健太も轟も瑠琉南もとっくに食べ終わって持ち場に戻っていた。

「琢海だってもうすぐ食べ終わるよ？」

　瑛子さんが言うが杏はまた答えない。涙目だった。意味が分からなくてイライラした。

「もう、しょうがないなあ。ごちそうさま」

　瑛子さんはぴょこんと椅子から降りると食器を重ねて台所に持って行った。瑠琉南に頭を撫でられて嬉しそうにしている。

「琢海」

　杏に小声で呼ばれたが答えられなかった。

　声が出なかった。

　でもそれでいいと思った。

　鎌田ハウスでするべきことをしてそれ以外はしなくていい。もう喋る必要はないから言葉も要らない。瑛子さんがそう望んでいるならそうする。それが楽しくて楽しい。あまり深く考えたくない。考えるとイライラするしイライラするからムカつく。

　杏が洟を啜って言った。

「琢海……お願い、返事して」

※　※

「琢海。杏ちゃん、どこ？」

玄関で健太に訊かれて、首を横に振る。

「瑛子さんが捜してるんだけどなあ」

健太は奥へ戻った。

廊下を歩いていると轟にも同じことを訊かれた。菓子を食おうと台所に入ったら瑠琉南にも訊かれた。家中を捜し回ったけれど杏はどこにもいなかった。イライラしてムカついた。

瑛子さんは瑛子さんの寝室で正座していた。目が合うと「おかえり」とお下げを揺らして微笑む。杏を捜してるんじゃなかったのか。

「捜してるよ。でも、遠くまで行っちゃったみたい。全然分からない」

瑛子さんは半目で裏口の方を見た。やがてポンポンと自分の膝を叩いて言った。

「まあ、見付けたら栄養をあげよう。自分の役割を思い出す、大切な栄養をね。実はこれ、遠くにも送れるんだ」

瑛子さんの切れ長の目が三日月のように細くなった。

※　※

真琴さんの大きな目が更に大きく見開かれた。

丸椅子から立ち上がり、「杏ちゃん」と手を振る。

杏がベッドの側にやって来た。前とそんなに変わらない。

「杏。久しぶり」

「琢海」

よかったあ——と言って、杏が抱き付いてきた。お袋の時と違って今度は気絶しなかった。体力は少しずつ戻ってきているらしい。

何かを思い出しかけて、忘れる。あの時、爆発しかけた感情が何だったのか、言葉にできそうだったのにもう消えてしまった。「あの時」がいつだったかも分からなくなっている。

「元に戻ってきてるね」

杏が頬を、口元を撫でる。

「そうか？　自分じゃ分からない」

「じゃあこれ、見てみて」

杏に手を摑まれ、持ち上げられる。

久々に見る自分の手と指は痩せていたけれど、そこまで酷くはなかった。健康とまでは言わないが、不健康と言われるほどではない。

「ありがとう、杏」

無意識に感謝の言葉を口にしていた。

「杏が脱走して、助けを求めてなかったら、ヤバかった」

「琢海」

杏は鼻水を垂らしていた。可愛いと思った。

「ヤバい状況にいたって、分からなかったんだ。鎌田ハウスがおかしくなってたって。あいつの……」

「瑛子のせいで」

寒気を感じながら、最後まで言った。

※　※

「杏のせいで」

瑛子さんが部屋に入ってくるなり言った。布団に潜り込む。

「もうすぐ変なお客さんが来る。この家がおかしい、わたしが怪しいって言ってくる。ああもう、本当にイヤだ」

頷(うなず)いて返す。

彼女の言う「変なお客さん」が来るまで布団の中で抱いてやる。

しばらくすると健太に案内されて男の人と女の人が入ってきた。

「失礼します。鎌田瑛子さんでいらっしゃいますか」

答えなかった。答えられない。答える必要がない。瑛子さんがそう望んだから。

瑛子さんが布団から飛び出して女の人が驚く。紫の髪がふわりとなびく。

あいさつした瑛子さんに男の人が訊(たず)ねた。

「君は……？」

瑛子さんは男の人と女の人の後ろの壁を見ていた。壁には色紙が貼ってあった。全体的に黄ばんでいる。左右のスペースを大きく取って真ん中に縦に四字熟語が書いてある。

〈七転八起〉

「ナナコです。十三歳。一昨日(おととい)、ここに来ました」

どうして嘘を吐くのだろう。

どうして瑛子と名乗らないのだろう。

疑問に思ったけれど訊くことはできなかった。

※　※

疑問に思ったことを訊いた。

気になったことを質問した。

真琴さんも、野崎さんも答えてくれた。

鎌田ハウスは全焼した。服もスマホも何もかも、燃えてしまったという。でも子供たちは全員無事だった。

健太は実家に戻って、親と暮らしているらしい。瑠琉南は友達とルームシェアしていて、轟は同級生の家に住まわせてもらい、そこから今までと同じ学校に通っている。

そして杏はお袋の家にいる。

つまり、わたしの実家に。

まだ学校には通えていないけれど、お袋との仲はいいらしい。

退院したら杏と暮らせると思うと嬉しい。鎌田ハウスと同じように、女子二人で布団を並べて、豆電球を点けて、下らない話をして寝る。そうできる日が待ち遠しい。

鎌田ハウスは燃えてなくなった。おっさんも死んでしまった。おっさんの幽霊と会ったのはあの時の一度っきりだ。警告してくれていたんだ、と今は分かる。瑛子から逃げろ。そう教えてくれていたんだと。

分からなかったことが悲しい。たくさんのものを失って悲しい。けれど悲しいことだけじゃない。杏と一緒にいられる。お袋と前よりマシな感じでいられる。前よりずっとしゃきっとしている。瑛子の謎の「栄養」のせいで髪は白いままだけれど。

「それにしても俺は馬鹿だな」

野崎さんが不意に、悔しそうにつぶやいた。

ベッドから上体を起こしていたわたしは、素直に訊く。

「何が」

「タクミと聞いて男子だと思い込んだことだよ。君の服を着た健太くんを君だと誤認した。大好きだって杏ちゃんが言ってて、余計にそう思った。だから」

「杏、そんなこと言ってたんだ」

「ああ」

「そっかそっか」

ついニヤついてしまう。

野崎さんは目を細めてわたしを見ていたが、不意に「そう、馬鹿だから見当も付かないんだ、俺は」と言った。

「何が」

野崎さんは難しい顔で答えた。

「尾綱瑛子なる人物は結局、何者だったんだ。いや――何だったんだ」

※　※

「尾綱瑛子と聞いて思い出しかけたんだ。仕事で絶対に見聞きしたことがある」

「そうなんだ」

「だから鎌田ハウスに行く直前、仕事関係の知り合いに片っ端から問い合わせた。尾綱瑛子という名前に心当たりはないか、あったら資料なりを送れるだけ送ってくれって。そしたらあの日の夜中――俺や子供たちが救急車で運ばれてる頃に、かなり詳細なのが届いてたよ」

「へえ、誰から？」

「ギガ出版の佐々岡編集長殿だ。さすが戸波(となみ)さんの一門だよ。仕事が早い」

野崎さんが真琴さんに語っていた。わたしが寝ているものと思っているらしい。少し声を潜めていた。

「まずは一九八九年の詠瓜(よみうり)新聞ローカル版に載った、大阪府W市の八十歳女性のインタビュー記事。この人は戦後すぐから四十年以上、近所の子供たちに無料で食事を提供し、自宅の一部を開放していた。当初は主に戦災孤児を相手に、その後は不良の子だったり、家にいられない子たちの面倒を見ていた」

「家にいられない……」

「家庭内暴力や育児放棄だろうな。まあ記事は基本的に真っ当というか、素晴らしい理念と行動力ですね、という内容なんだが、この女性は少し変わっていてね。イチコを自称していたんだ。近畿地方での巫女の古い呼び名だ。子供たち相手にもお祓いや、口寄せのようなことをしていたらしい。一方でコックリさんは危ないからって固く禁じていた」

「へえ。それで?」

「それがこの記事、終盤グッと怪談めいた話になるんだ。何でも一時期、一人の女の子がよく来ていたんだが、他の子供たちは誰もその子の素性を知らない。その子が来ると必ず、口寄せもそれ以外も上手くいかない。おまけに何人かの子の様子がおかしくなって、不意に出て行ったきり二度と来なくなったりもしたそうだ」

「そうなんだ」

「女の子の名前はオヅナエイコ。字は覚えていないそうだが、小学校高学年くらいだったらしい」

心臓がドクンと大きく鳴った。

「続いて一九五〇年、桂贅新聞。『養護施設の奇跡　天才占い少女現る』の見出しで、栃木の一人の少女が取り上げられている。両親と早くに死別して養護施設で暮らしていたけれど、『天のお告げ』『千里眼』といった力を使って人助けをして、近隣で評判を呼んでいたそうだ。女の子の名前は尾綱瑛子。当時十歳」

「え……？」

「記者に訊かれて将来の夢を語っている。養護施設か幼稚園で働いて、大勢の恵まれない子供を助けたい、育てたい、と」

「それ、同姓同名ってやつだよね？　年齢が全然合わない」

「俺もこの桂贅新聞だけならそう思ったが――」

野崎さんは「ううむ」と唸って、

「あとは……そうだな、この一九一一年の事件を。静岡県の民家で火事が起こって、この家に住む夫婦、子供二人、女中一人、そして居合わせた近所の子供六人が亡くなっている」

真琴さんがショックを受けたのが、息遣いで分かった。

「夫婦は仕事の傍ら、近所の子供たちに無償で勉強を教えていたそうだ。どうやら本人たちが勉強熱心だったらしい。心霊研究にも深い関心を寄せていて、有名な福来友吉博士とも親交があった」

「フクライ博士、知ってる。野崎に散々聞かされたよ。透視とか念写とかの全然ちゃんとしてない実験をやった博士でしょ。貞子のモデルの人とかの」

「そうだ。その博士と知り合いだったんだ。で、だ。一人の女中がからくも一命を取り留めたんだが、警察の聞き取りに妙なことを言っていたそうだ。『尾綱瑛子という名の、見かけない女の子が何日か前から来ていた。事件の日も来ていたが、いつの間にかいなくなっていた。不思議に思っていたら火の手が上がった』ってな」

「尾綱……」

「子供の大勢いる場所。同時に、超能力あるいは巫女と関連する場所。時間も空間も飛び超え、そうしたところに現れる謎の少女、尾綱瑛子」

「そんな」

「普通に考えれば偶然だろうさ。起こる可能性は決してゼロじゃない。この尾綱瑛子、七年前に一度だけオカルト雑誌の記事になっていてな。『現代版&少女版サン・ジェルマン伯爵』なんてセンスのないキャッチは多分編集部によるものだろうが、記事自体はかなり面白い。佐々岡さんはこれをスキャンして送ってくれたのさ。ちなみに、記事を書いたライターは湯水さんで――」

「え、あの人？」

「そうだ。だから俺たちの場合――」

全然知らない話になった。徐々に耳に入らなくなる。

尾綱瑛子。

昔からいた。ずっと昔から女の子だった。

有り得ない。あの悪いやつよりもっと有り得ない。

いや――

悪いやつが有り得るなら、女の子だって瑛子さんだってあり得る。

悪いやつが瑛子さんだった、瑛子さんが悪いやつだった。そんなことだって。

考えているうちに眠くなる。そして本当に寝てしまう。

※　※

「わあ」

庭に出た瑛子さんは空を見上げた。雨が止み雲が流れ去り澄み渡った青空が眩(まぶ)しい。

わたしは縁側に座っていた。

「ねえ、琢海」

駆け寄ってきた瑛子さんが顔を覗(のぞ)き込んで言った。

「抱っこして」

言われたとおりにすると彼女は満足げな溜息を吐いた。ぎゅっと抱き返してきた。

五分くらいずっと無言だったろうか。

「これのために生きてるの」

瑛子さんが耳元で言った。涙声だった。

何を言っているのだろうと思っていると瑛子さんはまた口を開いた。

「これのための家がね、ほしかったの。要らない子を集めて仕事をあげて、役をあげて、一緒に暮らして。その中でお母さん役の子に、抱っこしてもらう」

どうして。

「タクミは向いてる。最近の言葉で言うとハマってる。抱っこすることに、とっても慣れてるから」

よく分からない。いや——全然分からない。混乱している。滅茶苦茶だ。これは本当の記憶なのか。瑛子さんは実際にこんなことを言ったのか。今抱っこしている瑛子さんは瑛子さんなのか。今とはいつだ。これは思い出なのか、それとも夢なのか。

「わたしはそれをずっとやってるの。ずーっと」

瑛子さんの小さな身体が、不意に冷たく感じた。

※　※

「どうしたの、琢海さん」

野崎さんの声で我に返った。

傍らには真琴さんがいる。

ベッドの上にいる自分に気付いた。

「ああ――ごめんなさい。一瞬落ちてたみたい。それであれ、白昼夢かな。見てた」

「どんな内容？」

「思い出せない」

事実だった。かすかに覚えているのは青空と、冷たさ。そして腕の中に今も残る、奇妙な存在感。

「お母さん、そろそろ戻ってくる頃だね」

真琴さんが壁の時計を見て言う。黙っていると、彼女は「琢海ちゃんはいいなあ」とわざとらしく呟いた。

「何が」

「だって、いいお母さんだよ。毎日来てくれてるみたいだし、ずっと心配してる。鎌田ハウスに預けなければよかったって、後悔してるっぽいけど……」

聞いていると妙に可笑しくなった。

毎日娘の見舞いなんて分かりやすく母親らしいことをしている。娘がこんなことになって責任を感じている。娘の——わたしの胸で泣いていた人だとは思えない。でも心配になった。無理をしていそうだから。真琴さんたちの手前、頑張って母親をやっていそうだから。

充分だった。目が覚めた時に、気絶するくらい抱きしめてもらえたから。

そうだ。わたしは嬉しかった。嬉しかったんだ。

お袋に抱きしめられて。抱きしめるんじゃなくて抱きしめられて。

やっぱり充分じゃなかった。充分のような気がしたけれど、全然足りない。

(タクミは向いてる)

瑛子さんの声がした。

(抱っこすることに、とっても慣れてるから)

そうだ。瑛子さんの言うとおりだ。あの女の子の言うとおりだ。

なぜか受け入れていたけれど、おっさんでさえ騙されていて、それもきっとあの子の力だったんだろうけど。

わたしたちと鎌田ハウスで暮らしていた女の子。

わたしたちに役を振って操った、あの悪い女の子。

彼女の言うとおりだ。わたしは慣れていた。抱っこしてほしがっている人を抱っこすることに。

彼女に喜んでもらえるくらいに。

でも――

仕事の電話が掛かってきたらしく、野崎さんが席を外した。

真琴さんも「ちょっとトイレ」と病室を出て行った。

カーテンの内側でわたしは一人になる。

わたしはベッドの右側に両手を広げた。

お袋が戻ってきたら、多分ここに来る。でもまだ戻らない。真琴さんも、野崎さんもいない。だから今のうちに練習しておこう。

隣のベッドの人に聞こえないような小声で、わたしは言った。

お袋にずっと言いたかった、とても簡単な言葉を。

「ねえ、抱っこして」

あの日の光は今も

※

道子は駅のベンチに座って電車を待っていた。

頭上の蛍光灯が瞬きを繰り返していた。

午後八時。海南電鉄高崎線上りのホームには、自分以外に誰もいない。

駅舎の外は完全な闇で、その闇の奥からゲコゲコと蛙たちの鳴き声が聞こえてくる。駅舎のどこにも赤電話は設置されておらず、夫の俊彦に状況を説明することもできない。駅員に声を掛ける気力は残っていなかった。

寂しかった。心細かった。何より惨めで悲しかった。

午後から難波に出て久々にウィンドーショッピングをした。冷やかすだけでなく実際に買い物もした。喫茶店でケーキを食べもした。五月に火事があった千日デパートには近付かないようにして、華やかで賑やかなところにだけ足を運んだ。

仕事に復帰してから休みを取るのは三ヶ月ぶりだった。だから楽しかった。楽しかったはずだ。俊彦の提案どおり羽を伸ばし、楽しめたはずだ。

なのに少しも覚えていなかった。

抱えた髙島屋(たかしまや)の紙袋に何が入っているのか。スカートなのかワンピースなのかパンタロンなのか、そもそも服なのか。道子はそれすら思い出せなかった。

やはりあの日から、心は凍り付いたままなのだ。時間が止まったままなのだ。

だから七駅も乗り過ごしたのだ。居眠りもしていないのに目は何も見てくれず、耳は何も聞いてくれず、頭は何も覚えていてくれない。そのくせ馬鹿げた願掛けには本気になってしまう。俊彦まで振り回して、あんな、あんな、あんな——。

あんな罰当たりで可哀想なことを。

それ以前に法に触れることを。

「昌輝(まさき)……」

線路と砂利と、向かいのホームが涙で滲(にじ)んだ。道子は紙袋に顔を埋(うず)め、声を殺して泣いた。

暗闇の蛙たちは変わらず鳴き続けていた。

電車が来たのは十分後だったが、待っている間は一時間にも二時間にも感じられた。幸いにも客はほとんど乗っておらず、泣き腫(は)らした顔を見られることもない。ほんの少しだけ安堵(あんど)しながら、道子はシートの端に座った。揺られている間はただ窓の外だけを見ていた。

まばらな家の灯り。それ以外は暗闇だ。遠くにかすかに見える山々は生駒山地だろう。その上でいくつかの星が弱々しく光っていた。

〈次は巴杵、巴杵でございます〉

アナウンスが車内に響き、我が家の最寄り駅の名を告げる。減速するとともに身体に重力がかかる。立ち上がろうと窓から目を離そうとした時、一筋の光が空を横切り、見えなくなった。

流れ星だろうか。

いずれにしろ、もう願い事をするには遅い。

電車が完全に停まったのを確かめて、道子は手すりを摑んで立ち上がった。ガタンとドアが開く。

ホームに降り立った瞬間、激しい衝撃を感じた。

咄嗟に踏ん張り、辛うじて転倒を防ぐ。落とした紙袋がザザザと音を立ててホームを滑る。

ぶつかった。ぶつかられた。おそらく人に——と、頭が遅れて推測を始める。

顔を上げると、三つ編みの女性と目が合った。

二十歳くらいだろうか。背は道子と同じくらい。白いワンピースが暗いホームに浮かび上がっている。小さなポシェット以外は何も持っていない。

女性の大きな目に浮かんでいたのは、恐怖と焦燥だった。頬も唇も青いのが、暗い中でも分かった。

どうして、何をそんなに、と道子が思ったその時、女性は素早く電車に飛び乗った。不自然なまでに道子から目を逸らし、早足で隣の車両に向かう。ベルが鳴り、ドアが閉まり、電車がゆっくりと動き出し、次第に加速して視界から消える。道子は呆然とその様を眺めていた。

ようやく疑問を振り払って、道子は線路から目を逸らした。紙袋を拾おうと屈んだ時、すぐ側に何かが落ちているのに気付いた。

鍵だった。

簡素で小さく、真新しい。その証拠にホームの照明を反射して鋭く光っている。

その光に吸い寄せられるように、道子は鍵を拾い上げた。

鍵には小判形の白いプラスチックの札が付いていた。中央にそっけない字体で「6」と書かれている。

しばらく鍵を見つめてから、道子はふらりと歩き始めた。自分の行動に驚きながらも、歩くことを止められないでいた。混乱しながらも頭は思考し続ける。

あの女性。

あの態度、あの仕草、この鍵。

これはもしかして。
ひょっとして。
だとしたら。だとしたら。
改札を出た道子は鍵を手に、〝それ〟の前に立った。

一

巴杵池事件（はぎねいけじけん）は、１９８１年（昭和56年）、大阪市東区巴杵町で起こったＵＦＯ目撃事件であり、日本三大ＵＦＯ事件の一つである。前後に同町で起こった事件、事故も併せて、陰謀が絡んだ一つのＵＦＯ事件と見なす向きもあるが、珍説奇説の域を出ていない。「巴杵池事件」という言葉が使用される場合、当時同町に住んでいた少年2名がＵＦＯを目撃した、後述の事件のみを指すことがほとんどである。

――ウェブ百科事典「イーラン」より。以下太字全て同じ

午前九時三十分。
階段から男性客が下りてきた。五十代半ばといったところだろう。ずんぐりした体

格に濃い顔、スーツ姿で鞄を抱えている。

「チェックアウトでございますか」

昌輝は玄関脇の、狭いカウンターの内側から声をかけた。

「ええ。ちょっと早めに出ますわ」

男性客は答えると、部屋の鍵をカウンターに置いた。キープレートには「萩」と書かれている。

「なんぼでしたっけ」

「お代でしたらチェックインの際に頂戴しております。素泊まり一泊、五千四百円。領収書もお渡ししました」

「ウソや……ああ、ほんまや。財布に領収書、入っとったわ。失礼しました」

男性客はバツが悪そうに笑い、長財布から顔を上げる。昌輝を一瞥し、財布を仕舞い、すぐまた昌輝を見る。典型的な二度見だった。

気付かれたか。

昌輝は平静を装いながら「ありがとうございました、またのご利用をお待ちしております」と愛想笑いした。男性客は不思議そうに首を捻り、「巴杵、大谷……」とつぶやきながら出て行った。

客の背中が完全に見えなくなってから、昌輝は胸を撫で下ろした。自分に会いに来たわけではなかった。しかもここ大阪市東区巴杵がどういうところで、自分が何者か、おぼろげに記憶してはいても思い出しはしなかったのだ。危ないところだった——

「お客さん、帰らはったんか？」

奥から出てきた小柄な老女が訊ねた。昌輝の母親だった。七十八歳にしては健康だが今年に入って足腰が弱り、歩き方がぎこちない。

「うん」

「部屋の掃除、やっとくわ。紫陽花の間やったか？」

「萩や。僕がやるから休んどいて」

「せやかてあんた」

「他にお客さんもおらんし、予約も入ってへん。そないテキパキやらんでもええよ」

母親は「そうかあ。じゃあ、頼むわ」と言った。無理に二階へ上がらずに済んでホッとした。でも閑古鳥が鳴いていて辛い。両方の感情が皺だらけの顔に出ていた。

昌輝は表に出て「ホテル大谷」を見上げた。

ホテルとは名ばかりで、実態は小さな旅館だ。瓦屋根に段差の激しい土間。客室は全て畳敷きの和室。猫の額ほどの庭には松の木が植えてある。

利用客は素泊まりのサラリーマンばかりだが、ここ何年かでその数は減っている。理由はいくつもあるが、近くにあった大手企業の工場が閉鎖されたことが大きい。ここ巴杵町は出張に来る場所ではなくなったのだ。

亡き父親からホテル大谷を継いで十数年。どうしたものかと悩む日が続いている。連泊する常連客が何人かいることはいるが、昌輝は決して彼らを「お得意様」とは呼びたくなかった。素直に感謝したくもなかった。何故ならあいつらは——

「すみません」

声を掛けられて昌輝は我に返った。

三十歳ほどの女性が立っていた。生成りのワンピースに薄手のベージュのカーディガン。化粧っ気のない地味な顔立ち。よく似た顔の、三歳ほどの男児と手を繋(つな)いでいる。二人とも背中にリュックを背負っていた。

門の前の看板を一瞥して、女性は標準語で訊ねた。

「予約はしていませんが、泊めていただくことはできますか？　素泊まりで一泊」

「ええ。喜んで」

昌輝は仕事用の顔と声で答えた。

どうしてこんな辺鄙(へんぴ)なところに。それも親子連れで。

疑問に思ったが勿論(もちろん)訊くつもりはなかった。どんな事情であれ、客が来るのは有り難い。それにこの様子なら間違いなく、自分目当てではないだろう。他に客はいないから、子供が騒いでも苦情は来ない。

「どうぞ、こちらへ」

昌輝は玄関を手で示した。

チェックインの手続きをさせ、一泊分の代金を受け取ったところで、母親が再び奥から現れた。親子連れの姿に不思議そうな表情を浮かべたのは一瞬だけで、すぐに「いらっしゃいませ」と優しく言う。

「お子さんですか。かわいいなあ。よう似てはること」

「急にすみません」

「とんでもない。どうぞごゆっくり……」

母親はここで不意に目を見開いた。ひょこひょこと近付き、女性の顔を見上げる。女性は気にする様子もなく見返している。

「失礼ですけど」

母親が口を開いた。

「辻村ゆかり先生ですか？　ほら、ＴＶ出て料理作らはる……」

「そうです」

女性は答えた。男児と顔を見合わせて微笑む。

「ですよねえ！」母親が破顔した。「ごめんなさいねえ、一遍ピンと来てもうたら、もう確かめな気ぃ済まへんなってもうて。有名人に会うなんて生まれて初めてやさかいに」

「有名なんてとんでもない。掃いて捨てるほどいる料理研究家の一人です」

「何言うてますのん、えねえちけえに出てはる人が謙遜しはって」

「くふふ」

女性は控えめに笑った。

辻村ゆかり。知った名前だ。TVで何度か見かけたことを思い出す。

昌輝はさりげなく宿帳に目を向けた。女性が細く弱々しい字で書いた名前は「辻村里穂」だった。料理研究家も芸名で活動するものらしい。住所は東京都港区の汐留。たしか富裕層の住む地域だったはずだ。

そんな人が何故ここに、と、拭い去ったはずの疑問が再び湧き起こった。

「お子さんも賢そうな顔してはりますなあ」

「お世辞でも嬉しいです。悠太、よかったね」

息子――悠太は照れ臭そうに俯いた。

TVに出ている人間と会えて嬉しくなったのか、母親は「ご案内します」と足取りも軽やかに階段を上る。辻村ゆかりが息子の手を引いて歩き出した、まさにその時。

玄関扉が開いた。

先の男性客がずかずかと入ってきた。

「お忘れ物ですか」

昌輝が訊ねたが、男性客はそれを無視して、

「あんた、巴杵池事件の子供やろ？　大谷少年やんな？」

と、大きな声で訊いた。

昌輝の腹がキリキリと痛んだ。腋に冷や汗が流れる。

彼の脳裏をよぎったのは、あの日の光だった。

池の畔。祠の背後。

音もなく浮かぶ、青白くて円い、ワゴン車ほどもありそうな――。

「ええ。そうですが」

昌輝は感情を殺して答えた。

「うわあ」

男性客は嬉しそうに破顔すると、スマホをかざした。「地名に聞き覚えがあったから、さっき調べてん。懐かしいなあ。テレビや本でよう見たわ。うわあ、うわあ」

子供のようにはしゃぐ彼に「いやいや、恐縮です」と無意味な言葉をかけながら、昌輝は頭を働かせた。次に客がどう出るか、あらゆる可能性を想定する。

ひとしきり騒ぐと、男性客はにこにこしながら訊ねた。

「それはそれとして……実際んとこあれ、全部ウソやろ？」

やはりか。

動悸が速まり、身体が強ばる。

それらを気取られないようにして、昌輝は答えた。

「事実ですよ。全部本当のことです」

「ははは！　アホ言いなや」

男性客は一人で大笑いした。

彼が飽きて再び帰るまでの十分近く、昌輝はうんざりしながら、無邪気で執拗な追及をのらりくらりとかわし続けた。辻村ゆかりとその息子は、きょとんとしてその遣り取りを見ていた。

母親が階段から心配そうに、昌輝の様子を窺っていた。

※

辻村ゆかりと悠太が割り当てられた「月」の間は、十畳の和室だった。

「一番いい部屋」と女将らしき老女は言っていたが、畳は日に焼け、壁紙は色褪せて天井付近が黄ばんでいた。長い間に染み付いた煙草の脂だろう。外観から想像した範囲内ではあったので、ゆかりは少しも落胆しなかった。

悠太は座卓の上、急須の隣に置いてある、小さな二羽の折り鶴に顔を近付けている。指先で摘まみ、持ち上げる。歩かせる。飛ばす。向かい合わせて闘わせる。怪獣に見立てているのだろう。ビビビ、ばしばしっ、と悠太は擬音を口にする。

ゆかりは目を細めて息子が遊ぶ様を見ていた。

関西のテレビ局で、午後からの収録に参加する予定だった。保育園を休ませ、悠太を連れて行くことにした。夫には「社会見学させてみる」と伝えた。

初めて新幹線に乗ることになった息子は大喜びで、前日も、朝の四時に起こした時も、JR東京駅に向かう道中も、新幹線のホームでも車内でも楽しそうだった。それでも決して大声を上げたり歩き回ったりはせず、ゆかりの隣、窓際の席で大人しくしていた。

「辻村先生に似てはりますよね」

名古屋駅の手前辺りでうたた寝を始めた悠太の顔を眺めながら、アシスタントが言った。採用してまだ日が浅い、関西出身の野暮ったい娘だった。

「見た目もやけど、中身が特に。男の子って普通、こういうとこでじっとしてられへんやないですか。せやのに……正直、騒ぐんやろなって思てたから」

「わたしも心配だった」

「遺伝ですよね。ちゃんとしてはる人のお子さんは、ちゃんとしてはるんや」

「くふふ」

見え透いたお世辞でもゆかりは満足だった。

ちゃんとしてはる——自分の家族が、愛する息子が、そんな風に称讃されることは無上の喜びだった。スタジオでも言われるだろう。スタッフに、出演者に。想像するだけで期待に胸が膨らんだ。

しかし。

局の人間から連絡があったのは、新大阪駅に着いてすぐのことだった。

番組のメインを張る大御所タレントが急病で倒れた。アシスタントを務めるフリーアナウンサーも、スキャンダルで降板を余儀なくされた。だから収録は中止する——先方はどこか慣れた様子で詫びの言葉を繰り返した。

駅構内、人混みの中で困っていると、寝惚け眼の悠太が口を開いた。

「かいなんせん」

「え？」

「かいなんせん、のりたい」

「ああ、先生。悠太くん、海南電鉄に乗りたいんですよ」

アシスタントがポンと大袈裟に手を鳴らした。大阪と和歌山を繋ぐローカル線だという。

「ママ、かいなんせんのろうよ。ふたりで」

ゆかりのスカートを摑んで、悠太が言った。要望をはっきり口にするのは珍しい。ゆかりとの二人行動を提案するのも。

アシスタントの視線を感じた。尊敬と期待に満ちた視線だった。

「そうね。じゃあ、行こうか」

ゆかりは微笑みかけると、悠太は「うん」と彼女の脚に抱き付いた。

アシスタントを一人で帰し、悠太と二人で電車を乗り継いで、ゆかりは海南電鉄高崎線に乗った。新幹線と同じかそれ以上に、悠太は楽しそうだった。ホームでは車両の外観に、発車すれば車窓に見入っていた。

当て所ない旅だった。外の景色は刻々と、閑散としたものに変わっていく。息子の隣で外の景色を眺めていると、ほとんど無意識に、疑問が口を衝いて出た。

「楽しい？　悠太」

「うん」

「どうして？」

「うーん、たのしいから」

悠太はニッと笑って、再び窓の外に目を向ける。

答えになっていないが、それでもゆかりは嬉しかった。母である自分は息子を愛し、息子は母である自分を愛している。その事実をこんな場所で実感できている。

　考える前に、言葉が出る。

「ねえ悠太。今日、お泊まりしてみよっか」

「おとまり？」

「ママと二人で、ご飯を食べてお風呂(ふろ)に入って寝るの。お家じゃないところで」

「うん！」

　悠太は大きく頷(うなず)いた。

　しばらく息子と二人で車窓を眺め、息子の気紛れで巴杵駅で降り、スマートフォンで検索して見付けたのがここ、ホテル大谷だった。

　ゆかりは幸福に浸っていた。座卓に両肘(りょうひじ)を突いて、息子が折り鶴で遊ぶ様を見つめていた。

　子供の頃に夢見た、理想の親子関係。それを今手にしていることが分かって幸せだった。身勝手で暴力的な父親と、愚かで弱い母。そんな人間の下に生まれた自分でも、幸福な家庭を手に入れられるのだ。手に入れる権利があるのだ。

　もうしばらく浸り続けたいと思った。

　広大な自宅兼事務所から遠く離れた、質素な旅館の一室で、誰にも邪魔されずに。

　お世辞はあの老いた女将から、時折聞けば充分だろう。

二

1981年7月5日、午後7時半頃。当時小学4年生だったAは、同級生のBとともに夜道を歩いていた。Aの両親は自宅で旅館（現在はビジネスホテル）を経営しており多忙だったため、AはB宅で夕食をご馳走になり、その帰り道であったという。

2人がB宅からA宅へ、ほぼ真西に向かって歩いていると、最初にBが奇妙な動きをする光に気付いた。流れ星にしては遅く、遥かに明るい青白い光が、北の方角に飛んでいくように見えたという。3秒ほどで光は見えなくなったが、その直後、今度はAが近くの林の奥がぼんやり光っているのを発見。これも青い光だったという。

A、B双方の体感にして7秒ほどで、林の中の光は消失。Bが「UFOが着陸したのかもしれない。見に行こう」と提案し、2人は林へ向かった。

「行くで、昌輝」

母親の嗄れた声がして、昌輝は我に返った。ロビーの壁の時計は正午を示していた。思い出したくもないことを、いつの間にか思い出していたらしい。そして浸っていたらしい。昌輝の身体が一度、大きく震えた。

母親と二人でホテルの戸締りをして、外へ出た。辻村母子(おやこ)は三十分ほど前にどこかへ出かけていったという。きっと難波あたりで買い物でもするのだろう。

踏切を渡り、シャッター街を抜け住宅街を歩く。途中で何人かの老人とすれ違う。小泉(こいずみ)のオバさんや小田(おだ)のおっちゃん、三浦(みうら)君の両親。かつての商店街で店を営んでいた人たちと、中学の同級生の親だ。皆それなりに元気で、他愛(たわい)ない世間話を二言三言交わす。

「昌くん、ちょっと太ったんちゃうか」

「相変わらず元気やな、昌くん」

「昌くん、また今度寄ってってな」

どの人もみな優しい。あの日から何年も、この町を混乱に陥れたのは他ならぬ昌輝なのに、誰も彼を疎外せず、何食わぬ顔で近所付き合いを続けてくれている。

抱き続けている罪悪感が、ますます大きく膨らんだ。

家並みがまばらになると、林が見えた。

あの林だった。

甦(よみがえ)りそうになる記憶を押し止(とど)め、昌輝は母親とともに林に脚を踏み入れた。蝉が鳴く中、曲がりくねって湿った獣道を歩くこと五分。大きな池の畔(ほとり)に出る。緑色に濁り、あちこちに藻の浮いた、お世辞にも美しいとは言えない池。

巴杵池だ。

幼い頃は楽しい遊び場だったが、今の昌輝にとっては厭な場所だ。事実、中学に入ってから実に三十年もの間、ここには近付きさえしなかった。再び足を運ぶようになったのは今年の頭からだ。母親の足腰が弱り、一人でここに来させるのが心配になってから。

池の畔には小さな石造りの祠があった。萎れた花は先週、母親が供えたものだ。昌輝が幼い頃からずっと、週に一度、欠かさずここにお参りに来ている。何を祀っているのか、こんなみすぼらしい祠を何故そんなに大事にするのか。昌輝は何度か訊ねたことがあったが、「神さんにお参りするんは当たり前や」としか母親は答えない。

花と水を替え、祠に手を合わせる母親の背後で、昌輝は自分の足元に視線を落としていた。なるべく池は見ないように、決してあの日のことを考えないように。

「あんたもお礼言うときや」

祠の方を向いたまま、母親が言った。

「今まで生きてこられたん、神さんのおかげやで」

彼女はたまに、こうした素朴な信仰心を口にする。ずっと昔からだが、最近は頻度が増している。しかし、昌輝はまともに取り合ったことなど一度もなかった。神など存在するわけがない。それが彼の出した結論だった。

仮に存在するのなら、こう訊いてみたい。

お前は何故こんなに長い間、こんなくだらないことで自分を苦しめるのか、と——

ぱき、と木の枝を踏む音がした。

振り返ると、辻村母子が並んで立っていた。

「こんにちは」「こんにちは」

ゆかりが挨拶し、悠太がそれに倣う。

「こんなとこへまあ」母親が目を丸くした。「別に何もおもろいもんあらへんのに」

「とんでもない。自然がありますよ」

にこやかにそう答えると、ゆかりは周囲を見回した。日差しは木々に遮られてはいるが、薄暗くて湿っぽく、快適とは言いがたい。蟬の声もどこか覇気に欠ける。

こんな自然のどこがいいのだろう。そう昌輝が思っていると、いつの間にか悠太がその場にしゃがみ、石ころを転がして遊んでいた。

「にしても辻村先生、こんなとこにわざわざ何の用ですのん」

ホテルの外だから気が弛んだのか、母親がずけずけと訊ねた。

「スケジュールが空いたので」ゆかりは簡潔に答えた。「巴杵で降りたのは息子の提案です。ここがいいって」

「はあ、ぶらり途中下車でっか」

「そんなところです」

「渋い趣味ですなあ、息子さん」

くふふ、とゆかりは口を押さえて笑った。そして、

「そういえば、さっきのお客さん、何をあんなに喜んでらしたんですか」

屈託のない質問に昌輝は戸惑った。よく分からない、とでも言えばいいのに言葉が出ない。挙動不審に見えたのだろう。ゆかりの表情が翳る。

「何や訳分からんこと喋ってはったな。酔っ払ってたんちゃうか」

母親の助け船に、昌輝は慌てて相槌を打った。

「せやな。酒臭かったし」

見え透いたウソだった。朝からスーツで飲む人間がどれだけいるのか。言ってすぐ昌輝は後悔したが、ゆかりは信じたらしい。「大変でしたね」と再び穏やかな顔に戻ると、屈んで悠太の頭を撫でた。彼は特に反応せず地面を弄っていたが、やがて立ち上がると、トコトコと昌輝のもとへやって来た。無言で掲げた手には何の変哲もない、赤茶けた石ころが握られている。

「ダイヤ」

悠太は言った。石は平たい菱形をしていた。色も相俟ってトランプのダイヤのマークみたいだ、と言っているのだ。

「せやね、そっくりや」

昌輝が答えると、悠太は石を差し出した。受け取って「ありがとう」と言うと、悠太は歯を見せて笑った。

その笑顔で、緊張が解れた。自分も笑っていることに昌輝は気付いた。

悠太とともに、昌輝は綺麗な石や、特徴的な形の石を探した。辻村ゆかりも、お袋も一緒になって拾い集める。たまには客とこんな風に遊んでも構わないだろう。どうせ他に客は来ないのだ。

かつての妻と息子の顔が、昌輝の脳裏をよぎった。

胸に痛みを感じたその時、尻ポケットのスマートフォンが鳴った。

来るときにすれ違った〝小田のおっちゃん〟からの着信だった。

「なんやホテルの前で、余所もん二人が摑み合いしとるぞ」

切羽詰まった声でおっちゃんは言った。

えっ、という昌輝の声は思った以上に反響し、悠太が驚いた顔をした。

ホテル巴杵の前には十人近い老人が集まっていた。昌輝たちに気付いて「昌くん、えらいこっちゃで」と口々に言い、道を譲る。

正面玄関の手前で、二人の男が向かい合っていた。左手の人物はおそらく四十代半ば、昌輝と同世代くらいだろう。ぼさぼさの脂っぽい髪、弛んだ青白い頬には無精髭が生えている。ワイシャツは皺だらけで、スラックスはあちこちが汚れ、ショルダーバッグは色あせている。男は黄ばんだ歯を剥き、怒りの形相で向かいの——右手の人物を睨み付けていた。

右手の男は対照的に、不敵な笑みを浮かべていた。こちらはもっと年上に見えた。短く刈った胡麻塩頭、大きな目と鷲鼻。顎に大きな黒子がある。黒い細身のハーフパンツ、和柄の紺色のTシャツに、大きな黒いリュックサック。ラフな服装も場違いな笑顔も、堅気ではない雰囲気を濃厚に漂わせている。テキ屋に見えなくもない。

ちらり、とそのテキ屋が昌輝を見た。

「ここの人？」

標準語だった。

「ええ、そうです」

「このお兄さんがドアをガタガタやってて、不審に思って見てたらいきなりガンガン蹴り始めてね。だから止めたんですが、そしたら殴りかかってきました」

よく見ると向かって右の眉の辺りが腫れ、血が滲んでいる。

「鵜呑みにしたらあかんで、昌くん」

小田のおっちゃんがよたよたと歩み寄る。

「あのテキ屋みたいなやつ、一昨日くらいに昼間この辺うろついとったぞ。わしも見てるし、他にも見たやつおる。なんや嗅ぎ回ってるんちゃうか」

わしも、うちも、と老人たちが次々に言う。

「参ったな」とテキ屋が肩を竦めた。

「やかましいわ！」

左手の男が怒鳴り、老人たちが黙り込む。

「お前ら全員どっか行け。俺はここに入る権利があるんじゃ！」

「だそうですけど、どうですか」

テキ屋の質問は自分に投げかけられたものだと気付いて、昌輝は左手の男を観察した。見覚えは全くない。こんな人間は知らない。男と目が合った。やはり記憶にない。だから当然、ホテルの中に入る許可など与える訳が――

頭の中にぱっと光が差した。

男の顔のパーツ一つ一つが、子供の頃の思い出と結び付く。

「聡？」

男が目を見開く。老人たちが一様に驚きの声を上げる。

清原聡。昌輝の、小中学校の同級生だった。

そしてあの日あの時、昌輝と一緒に、巴杵池で光を見た幼馴染だった。

目の前に浮かび上がりかけた記憶を振り払い、昌輝は再び聡に呼びかけた。

「どないしてん聡。何があってん、その――」

その恰好、と言いそうになって堪える。

「昌輝か」

聡は一瞬緊張を解いたが、すぐまた怒りを露にした。ぎりり、と歯軋りの音まで聞こえてきそうなほど、強く歯を食い縛っている。

戸惑いながら昌輝は問いかけた。

「聡、悪いけど説明してくれ」

はっ、と聡が嘲りの笑みを浮かべた。

「お前はええな。ここでみんなに守られて」

全く想像していなかった言葉に不意を突かれ、昌輝は絶句してしまう。

「仕事も親から宛がわれて、嫁も貰って子供作って、ぬくぬく生きてんねやろ」

血走った目は昌輝の背後を凝視している。振り向くと辻村ゆかりが、緊張した面持ちで悠太を抱いていた。

「違うで聡、この人らは僕の家族ちゃう――」

「おかしい思わんか」

聡が遮るように訊く。質問の意味を摑みかね、昌輝は「何が？」と率直に訊き返し

てしまう。それが不味かったのだろう。聡は大きく舌打ちすると、

「お前が楽して俺が苦労するんは理屈に合わん。せやろ」

昌輝には何のことかまるで理解できなかった。黙っていると、聡は髪をぐしゃぐしゃと掻き毟った。

「あの後かてそうやった。記者どもに注目されて舞い上がって、話に尾ひれ付けとったもんな。いや——もう口からデマカセやったわ。俺がおる前でいけしゃあしゃあと。お前はしょうもないんじゃ。それやのに」

「な、何のことや」

必死で口を挟む。

きっと聡は混乱しているのだ。事情は分からないが理性的な話ができなくなっている。そうに違いない。

「落ち着け聡、いっぺん落ち着いて話そう」

「もうええ。俺と代われ、昌輝」

「え？」

「お前にその暮らしは勿体ない。そもそもお前のもんでもない」

何を言うてんねや、お前のでもないやろ——と、老人たちの間から声が上がる。放置された形のテキ屋が渋面で立ち尽くしている。

「勿論、このホテルを親から受け継ぐ権利もない」

「あるに決まってるやろ！」

いきなり叫び声を上げたのは、昌輝の母親だった。知らない間に彼のすぐ傍らに立っていた。唇をわなわなと震わせ、両手を固く握り締めている。せやせや、と老人たちが後に続く。

聡は憎々しげに地面に唾を吐いた。

こちらに何か言おうとしたところで、うえぇ、と背後で子供の泣き声がした。

悠太が母親の胸に頭を埋めて震えていた。

ゆかりは息子をひしと抱きながら、険しい顔で聡を見据えている。

泣き声に気を削がれたのか、ゆかりの視線に気圧されたのか。聡は長い溜息を吐き、力を抜いた。うんざりした表情で皆を眺め回す。

「……昌輝」

「なに」

「俺ん家は今どうなってる？」

「いや、もうないよ。あの辺取り壊されて、マンションになってもうた」

昌輝は事実を伝えた。聡の両親は十五年ほど前に相次いで亡くなっている。どちらの葬儀にも聡の姿はなく、喪主は遠い親戚だという知らない老人だった。マンションが建ったのは七、八年前で、あの辺りに知った人間はもう誰も住んでいない。

「そうか」

聡は降参するかのように両手を上げた。テキ屋に「すまんな」と小声で言い、ゆっくりとホテルから離れる。ざっ、と音を立ててゆかりが距離を取った。老人たちがそれに続く。

「聡……」

「夕方にまた来るわ。この辺、漫画喫茶あるか？」

昌輝は慌てて、隣の駅の名前を告げる。

緩慢な足取りで昌輝の側を通り過ぎる時、聡は「なんも知らんねんな」と囁(ささや)いた。またしても昌輝には理解できない。彼は完全に混乱したまま、聡の背中が遠ざかるのを黙って見つめていた。

「えーっと……ごめんなさい、助けていただけますか」

振り返ると、テキ屋が苦悶(くもん)の表情を浮かべ、その場にうずくまった。

※

「奥さんの方から説得してもらえませんかねえ」

太った岡沢が、二重顎を揺らして言う。

「そうそう。我々、旦那さんから嫌われちゃったみたいで。別に糾弾しようとか、虚偽許すまじとか、綺麗事言うつもりは毛頭ないんですが、どうも伝わらない。我々はあくまで真実を知りたいだけなんです」

痩せた唐田がカウンターに肘を突いて、身を乗り出す。どちらもニヤニヤと下卑た笑みを浮かべている。大谷ホテルの一階で、オーナーの妻に絡んでいる。

「伝えておきます」

オーナーの妻、茜は事務的に答えた。

「って仰いますけど、ほんとは伝えないいんじゃないですか奥さあん。夫を守る妻！みたいな。蜜柑投げろキューー！」

「キューー！」

二人は両手を頭の上でパンと叩き、声を上げて笑った。UFO愛好家の内輪の冗談らしいが、茜には全く笑えなかった。笑いたいとも、それ以前に理解したいとも思わなかった。

「ご安心ください。お客様のご要望は、必ず大谷に伝える形にしておりますので」

茜は笑顔を作る。

「頼みますよお。本当によろしくお伝えください、オオカミ少年、じゃなかった大谷少年に」

「元少年でしょ」

「あははは！」

二人はチェックアウトを済ませ、楽しそうにホテル大谷を出ていった。

二人が七泊して凄絶に散らかった「月」の間を片付けていると、階段を上る音が聞こえた。夫の昌輝だった。保育園に息子を預け、買い物をして戻ってきたのだ。何か言っているが、掃除機の音で全く聞こえない。茜は構わず掃除を続けた。

昌輝が「月」の間に入ってきて、掃除機のスイッチを切った。

「……何？」

茜は訊ねて、夫を見た。

童顔に困ったような表情。色白で撫で肩。最近少し太って生え際が後退したが、幼さは一向に消えない。

掃除機の音がすっかり聞こえなくなった頃、昌輝は口を開いた。

「ごめんな。あの人たちのチェックアウト、やってもらって」

「そんなこと言うために、わざわざ掃除機止めたん？」

「いや、でも悪い思てるから」

「思てへんやろ。根本的に解決する気ないやん。あの人らが求めてるもん、提供したったらええだけやのに」

「提供って……」

「しょうもないウソ吐いたって認めることや。そしたらあの人らも来なくなってメデタシメデタシやん。岡沢と唐田だけちゃうよ。あんた目当てに来るやつ全員や。何でこんな簡単なことでけへんの？　何でこれ何回も言わなあかんの？」

自分の言葉で感情が昂ぶっていた。階下にいるであろう姑に聞こえないよう、辛うじて声量を絞ってはいたが、爆発しそうなほど腹が立っていた。そして悲しかった。

昌輝は泣きそうな顔で聞いていたが、やがて答えた。

「でけへんよ。ウソとちゃうから。僕は……自分の目で見たものを伝えただけや」

茜が予想したとおりの反応だった。

おどおどしているのに、この点だけは決して曲げない。絶対に折れない。たとえそのせいで、妻である茜がどれほど辛い思いをしても。

子供が辛い目に遭っても、きっと変わらないだろう。

「そっか。分かった」

茜は答えて、掃除を再開した。

そして翌日、息子を連れて出ていった。

三

2人は林の中を進んだ。街灯の類はなく夜間は真っ暗になるはずだが、特に道に迷ったりすることはなかった。これについてAＢいずれも「再び光が見え、それを頼りに進んだ」という趣旨の説明をしている。

巴杵池の畔に出た2人は、明々と光る物体が水面から約1メートルのところに浮かんでいるのを見た。物体はやや平べったく、凹凸がほとんどなかった。幅は4～5メートル、高さは2メートルほど。完全に静止していたが、光は最初に夜道で気付いた時と同様、明滅を繰り返していた。水面には波が一切立っていなかった。

物体の音はもちろん、虫の鳴き声、木々のざわめきさえも聞こえなかったと2人とも証言しているが、これは極度の緊張と興奮のせいで、周囲の音が耳に入らなかったためと考えられる。

2人はおそるおそる物体に近付いた。岸辺にある祠の横を通り抜けようとした時、物体の光が瞬き、続いて「ごぼごぼ」と泡立つような音が聞こえた。

AとBの証言が概ね一致しているのは、ここまでである。

「ご迷惑おかけしてすみません。隙見せたらダメだって堪えてたから……痛てて」

テキ屋は湯水と名乗った。

右の二の腕と向こう臑に大きな青痣ができている。見るからに痛そうだ。昌輝の母親が救急箱からエアーサロンパスを取り出し、男に手渡す。

ホテル大谷の玄関を入ってすぐの、昌輝が「応接室」と呼んでいる部屋。ソファに座った男は、臑の痣に自らエアーサロンパスを噴霧し、「くーっ」と顔をしかめる。〝揉み合い〟は相当激しかったらしい。

男は呻きながら自己紹介を始めた。珍しい苗字だと思っていたが、ペンネームだという。職業はライターで、先週から取材に訪れているそうだ。彼が肩書きを明かした瞬間、母親の表情が曇った。

「それでここの前を通りかかって、先ほどのええと――聡さんでしたっけ？　を見かけたわけです」

「ここらに何の用ですか」

母親は露骨に警戒していた。湯水は「いや、怒られる覚悟で申しますとね」とすまなそうに前置きし、

「巴杵池事件の記事を書くための、取材に来ました」

と言った。

倦怠感が両肩に伸し掛かった。身体が重くなる。

「手当て済んだら帰ってもらえます？」

母親はそっけなく言うと、手にしていた湿布をテーブルに投げ置いた。

「ここを守ってくれはったんは感謝しますけど、それはそれ、これはこれや」

向かいのソファで、プイとあからさまにそっぽを向く。

「ですよねえ」湯水は湿布を拾い上げた。「当時まだ大学生でしたが、あの頃の喧噪は今でも覚えてますよ。新聞、雑誌、テレビ。マスメディアが散々騒いで書き立てて、大谷さんはもちろん、ご家族も、この町の方も散々引っ掻き回した」

「その点ご承知なら、お断りする権利を行使しても、文句は言わはりませんよね」

昌輝は愛想笑いで言った。

「いえ、そこは何としても許可していただきたいです」

湯水は食い下がった。

「偉そうなことを言うようですが、いっぺん自分の目で見て、耳で聞いて、肌で感じて確かめようと思いましてね。ドキュメンタリーというかルポというか、オカルト好きなら誰でも知っている事件を、もう一度ちゃんと取材したいんです」

笑顔を保ってはいるが目は真剣だった。

「恥ずかしい話、自分は今までずっと紙の資料に頼ってばかりでしてね。それで分かった気になってた。最低限の資料にすら目を通さず誤認だらけの駄文を書き飛ばす、低レベルな同業者たちを馬鹿にしてね。あいつらに比べたら自分は優秀だと思い込んでた。目糞鼻糞、五十歩百歩だと気付いたのは、この出版不況で仕事が減った最近のことです」

湿布を指で弄びながら、

「困った、どうしようと思っていたら、この町のことが頭に浮かびました。騒ぎになった後、大勢が押し掛けた後、この町は——皆さんはどうなったのか。それを確かめるのが、僕みたいな目糞の責任なんじゃないかと思いましてね」

「アポも取らずにですか？」

「そのアポを取りに伺いました」

「屁理屈や」

母親が完璧なタイミングで突っ込んだので、昌輝は思わず苦笑してしまう。確かにそうだ。不躾だ。だが不思議と腹は立たなかった。

「事件そのもののことは勿論、大谷さんとご家族の、今現在のこともお伺いしたい。雀の涙ですが謝礼もお支払いします」

金額を言うと、湯水は痛そうに立ち上がって「お願いします」と一礼した。提示した額は本当に雀の涙だった。

「どこに載せるんですか」

昌輝は訊いた。母親が驚きの表情を浮かべる。

「実は未定です。ある程度溜めてから、雑誌なりウェブマガジンなりに持ち込むつもりです。最悪の場合は自分でネットに発表しようかなと」

「ということは、さっき仰ってた謝礼も？」

「ええ、自腹です」

「どうでもええわ、そんなん」

母親が苛立たしげに立ち上がった。

「昌輝、あんたお人好しすぎるで。こんな輩に懇切丁寧に答えとったから、足元見られてあることないこと書かれたんやで。そんでみんなに嘘吐き呼ばわりされてもうてんで。忘れたん？」

「覚えてるよ、でも今回はちゃうみたいや」

「騙されてんねん」

「それはすぐには分からんよ、とりあえず……」

「もうええ」

母親は救急箱を指さし、「手当てでも何でも勝手にしてください」と言い放つと、玄関から出て行った。

彼女の小さな背中を見送っていると、階段から足音が聞こえた。悠太を抱いた辻村ゆかりが下りてきて、応接室を覗(のぞ)き込む。

「お客様、申し訳ありません。お騒がせしてしまいましたね」

昌輝の言葉に、ゆかりは「いいえ」と頭(かぶり)を振った。

「ぐっすり寝ていますよ。でも抱いて歩き回ってないと、起きて泣き出すんです。最近は落ち着いてきたと思ったんですけど……」

そういう癖のようなものが悠太にはあるのだろう。ゆかりは困っているようではあったが、口調も表情も幸福そうだった。

「込み入ったお話をされているんですね」

「えっ……ああ、まあ」

「すみません、盗み聞きをしてしまいました。この町では過去に事件が起こって、支配人さんは関係者で、そちらの方は記者さん」

「しがない売文屋です」

湯水は簡単に自己紹介をし、再びソファに腰を下ろす。

「事件って何ですか」

ゆかりが端的に訊いた。昌輝は苦笑いを浮かべて返す。

「UFO目撃事件です。女性には何も面白くない話ですよね」

「そんなことはない」

大真面目に否定したのは湯水だった。突然のことに昌輝が目を白黒させていると、湯水は「すみません」と詫びた。「こういう話が大好物な女性が、知り合いにいるんですよ。しかも仕事にしてる」

「好きな人は好きですものね」

ゆかりはそう言うと、悠太を軽く揺する。

「で……どんな事件ですか」

彼女もこの手の話に興味があるのか。それとも息子を抱いて立っているのが退屈で、立ち話がしたいだけなのか。

きっと後者だ。立ち話だ。雑談だ。それくらいならしてもいいかもしれない――苛立ちも怒りも、倦怠感も湧いていないことに、昌輝は気付いた。空いたソファに腰を下ろして、湯水に声をかける。

「こちらのお客様に教えて差し上げてください。僕よりお詳しいでしょう」

「自分は全然構いませんけど、いいんですか？」

戸惑う湯水に、昌輝は答えた。

「手当てが済むまでの間、雑談するだけです」

昌輝は湯水の目の上の傷を消毒し、絆創膏（ばんそうこう）を貼ってやった。湯水は痛がりながら、事件のあらましを説明した。彼の話術は巧みで、聞いているとあの日の出来事がまざまざと思い出された。ゆかりも真剣な表情で耳を傾けている。

空から降る青白い光。

聡が林の光を見つけ、探検を提案する。

実際の発言は、たしか「UFOが降りてきたんちゃうか。見に行ってみようや」だった。

消えたと思った光が再び見え、昌輝と聡は林の中を歩いていく。

池の畔（ほとり）。

光る物体。

近寄ると音がした。

まるで想像していなかった、有機的で生物的な音。

ごぼごぼ、ごぼごぼ。

そして昌輝は――。

「で、ここから先が重要なんです」

湯水が言葉を切って、スマホを確認し始めた。

「最初の報道、同年七月二十七日の『朝毎新聞（あさごと）』夕刊の記事では、大谷さんも清原さんも、『物体は一際まぶしく光ったかと思うと、姿を消した』と証言しています。『口を揃えた』という記述がある。第一報がこの媒体になったのは確か、担任の先生の親戚が記者だったから、でしたっけね」

「そうです」

絆創膏の剥離紙を丸めながら、昌輝は頷いて返す。

担任の女性教諭に、翌日になってUFOのことを伝えた。

翌週の放課後、聡と二人で会議室に連れて行かれた。

顔色の悪い長身の男性がニコニコしながら、根掘り葉掘り訊いてきた。だから二人で答えた。実際は三十分程度だっただろうが、とても緊張したせいで体感時間はもっと長かった。

「翌々月の『奇奇怪怪』の記事も同様です。二人の描いた物体のスケッチも、ほぼ同じ形をしている。ですがその翌月、有名な『レムリア』十一月号の記事で、事態は妙なことになります」

「妙なこと？」

ゆかりが口を挟む。湯水は一呼吸置いて、

「二人の証言が大きく食い違うんです。正確には、大谷さんの証言が変化する。それまでより派手に、ドラマチックに」

と言った。

昌輝を一瞬見やって、大谷さんは、すぐに続ける。

「音がした直後、大谷さんは『物体の形状が変わった』と証言しました。一本の細い柱のようになって、右から左へ徐々に幅が広がっていった、最後はほぼ正方形の壁のようになった、と。光の具合はまるで夜空のようだった、とも。スケッチにも同様のことが描かれています。表面は黒く、あちこちが煌めいている」

昌輝は思い出していた。

あの物体。輝く光。

はっきりと思い出せる。

それまで光る円盤のように見えた物体が暗くなったかと思うと、一本の柱になった。

呆気に取られて見ていると、星空のような壁が、目の前に広がった。

たしかに見た。今でもこうして思い出せる。

「さらに大谷さんは、こうも仰っている——その夜空のような壁から、二体の巨大な、黒いヒトデのような生き物が現れた、と」

湯水は低い声で囁くように、

「次に気付いた時には、物体も生き物も消え失せていた。清原さんは『そんなものは見ていない』と、それまでの証言を変えませんでしたが、『言われてみればあの時、昌輝はぼんやりしていた』『上の空みたいだった』とも語っている」

そこから口調を速める。

「証言の変化と食い違いに、多くのマニアや記者たちが気付きました。ある研究者は『アブダクションの珍しい例ではないか』と仮説を立てた。地球外生命体に誘拐されたあと解放され、高度なテクノロジーでその間の記憶を消去されたが、何らかの理由で大谷さんだけ記憶を取り戻したのではないか、とね。これは一九六一年にアメリカで起こった、有名なヒル夫妻誘拐事件を踏まえた仮説です」

「小さい頃に聞いたことがあります。いえ、読んだことがある」

遠い目をしてゆかりが言った。

「昔読んだ本にエイリアンの、不気味な顔のスケッチが載っていました。口が開いて、吊り目で、鼻筋が無くて……」

「それです、それです」

湯水が熱の込もった目で頷いた。

「『誘拐説』は一部のマニアや雑誌に熱烈に歓迎されました。一種の舶来趣味というか、或いは裏返しのナショナリズムというか、要は先進諸国と同等のことが我が国にも起こった、と考えたい人たちには恰好の説だったからです。先の『レムリア』も基本はこのスタンスだった。ですがそれ以外の大多数は違いました。大谷さんがウソを吐いたんじゃないか、注目されたくて話を大きくしたんじゃないか、いや、そもそも最初の証言すら怪しいんじゃないか――この『捏造説』を検証しに、マスコミやマニアがこの巴杵町を訪れた」

「検証やなかったですよ」

昌輝は咄嗟にそう口にしていた。

「あの人らは僕に自白させようとした。自分にとって都合のいい説を、当事者に押し付けに来たんです」

できるだけ冷静に続ける。

そうだ。彼ら彼女らは押し付けに来た。

自分たちの望む答えを昌輝に言わせようとした。この目であの光を、物体を、生き物を見た昌輝に。『レムリア』の取材中に思い出したことを、素直に言葉にしただけの昌輝に。

(おっちゃんにだけホンマのこと教えてや。作り話やろ?)

(神聖なUFOに対する冒瀆だ！　恥を知れ！)

(分かるわ、構ってほしかったんでしょ？　寂しかったんだよね？)

大人たちの声が次々に、頭蓋骨の内側で反響する。大人たちの顔もまぶたに浮かぶ。嘲るような笑顔の大人。

怒りで吊り上がった目と、への字口の大人。

憐れむような表情で、何度も頷く大人。

「失礼。なるべく客観的に説明したつもりだったんですが、むしろ偏向してしまったようです」

湯水が詫びる声を耳にして、昌輝は両の拳を握り締めている自分に気付いた。

「大丈夫、怒ってないです。続けてください」

手の力を弛めながら先を促す。湯水は咳払いをして、話を再開した。

「一方で、大谷さんの証言を妄信するマニアも現れた。この町には地球外生命体が飛来した、今も住んでいる、中には『町ごと乗っ取られている』なんて妄想に取り付かれた人もいました。天平才九郎もその一人です」

ゆかりが無言で首を傾げてみせる。

「その筋では有名な人物です。彼は八年後の一九八九年五月十七日にこの地を訪れ、事件について調査した。宿泊先はここだったはずです。大谷さん、覚えていらっしゃいますか」

「ただの酔っ払いでしたよ」

昌輝は答えた。

「この町は侵略されている、池の畔でエイリアンの死体を掘り当てた、これが動かぬ証拠だ――陰謀論っていうんですかね？　勝手口におったら、いきなりそんなん語ってきました。僕は高校生でしたけど、それでも怖かったですよ」

派手な色のキャップ、大きなサングラス。

その奥で光る吊り目。酒臭い息。

天平の顔を思い出すだけで寒気がした。

酔っていたとはいえあんな妄言を真顔で語る大人がいることが、当時は恐ろしくてたまらなかった。

「親父とお袋がホテルの部屋に連れてったんで、助かりましたけど」

「変な人に絡まれて大変でしたね」

ゆかりが同情を込めて言う。湯水は狙ったかのようなタイミングで、

「翌朝、その巴杵池で天平氏の遺体が発見されます」

と言った。

ゆかりの顔が一瞬で強張（こわば）った。

四

天平才九郎（てんぴょうさいくろう　1956年〈昭和31年〉2月11日～1989

年〈平成元年〉5月18日）は、日本のイラストレーター、漫画家、脚本家、ライター。主に超常現象を扱った取材記事や創作で活躍。「超自然現象研究家」「スーパーサイエンティフィック・エンターテイナー」を自称することもあった。


「第一発見者はお袋でした」

昌輝は口を開いた。

「朝の七時過ぎぐらいやったかな。祠にお参りに行って、水面に手が出ているのを見付けた。そう聞きました」

語りながら、あの日の騒ぎを思い出していた。

警察官と刑事。

たくさんのパトカー。

紺の作業服で手袋を着けていた人たちは、おそらく鑑識だろう。

大勢の人が林を出入りして、何やら話し合っていた。

登校中、青いシートで覆われた担架が運び出されるのを見た、と同級生の一人が言っていたが、本当かどうかは分からない。

警察が帰った後、オカルト雑誌の記者とUFOマニアたちが、再びこの町に押し寄せた。

湯水が話を引き継ぐ。

「死因は溺死です。酔っ払って巴杵池に向かい、誤って転落したと見られている。岸辺の水深はせいぜい一メートルと少しですが、泥酔した彼には致命的だったようです。つまり事件性はない。警察はそう結論付けましたが、一部のマニアはそうは思わなかった。天平才九郎はエイリアンにまつわる、この町の真相を知ったがために殺された――そんな陰謀を空想した」

馬鹿げた話だ。

だが昌輝は全く笑えなかった。

「その結果」と、湯水がゆかりの方を向いた。「この巴杵池事件は、二つの両極端な意味を持つようになります。大多数の愛好家にとっては子供のウソがきっかけで人が死んだ、本邦オカルト界最大級のお騒がせ案件。ごく少数のビリーバーにとっては陰謀説の動かぬ証拠」

「今朝のお客さんが何の話をしていたのか、ようやく分かりました。先の――聡さんが言っていたことの一部も」

ゆかりが静かに言った。悠太の頭を撫で、

「支配人さんは〝犯人〟扱いされてるんですね」

と、同情の目を昌輝に向ける。

昌輝は無言で頷いた。

湯水が語り、ゆかりがまとめたことで、自分の置かれている状況を俯瞰できていた。感情も整理できていた。それでも納得はできなかった。

「今も『真偽を確かめに』来る人はいはりますよ。月に一人か二人。そんで私を問い詰める。全部ウソでしたと認めろ、死んだ人に謝れと詰め寄る人もいれば、この町は太古からエイリアンの前哨基地だった、なんて自説を延々と披露する人もいる。興味本位で来る人はもっと多いです。若い人も同世代も、上の人らも。常連さんもいはる」

岡沢と唐田のことを思い出していた。

ふう、と昌輝の口から溜息が漏れる。

「くだらない」

ゆかりが冷めた声で言った。肩に力が入っている。表情には怒り――いや、憎しみさえ感じられる。共感を寄せてくれているのだろうか。そこまで親身になってくれているのだろうか。申し訳ない気持ちになって、昌輝はソファで縮こまる。

「それで？」

唐突にゆかりが訊いた。

「それでどうなったんですか？」

と、昌輝を急かす。どうしたことだろうと不思議に思いながら、彼は話を再開した。

「……そんな人らの相手をするのが嫌になって、茜は——妻は五年前に出て行きました。二歳になる息子を連れて、実家に帰ったんです。戻ってきてくれとは言えません。この歳で余所に出て行って、仕事探すんは無理ですから」

二人の顔を見ることが難しくなっている。

「僕は見聞きしたこと、思い出したことを、その時その時に素直に答えただけなんですけどね」

息苦しい沈黙が応接室に漂った。

壁に掛かった時計の音だけが、かすかに耳に届く。昌輝がぼんやり救急箱を見つめていると、ゆかりがおずおずと話し始めた。

「一般論ですが、何だか分からない、正体不明の光を見ることは普通にあるんじゃないですか？　いわゆる空飛ぶ円盤かどうかは別にして」

「勿論です」

湯水が答えた。「惑星、恒星、飛行機に飛行船に人工衛星。油田基地の煙突から噴き上がる炎。見間違いでした、きっと見間違いだろうってケースはとても多い。エイリアンクラフトか否かは別にして、大谷さんは巴杵池で、光る何かをご覧になった。その点は僕も疑っていません」

「その点は、か」

無意識に皮肉が出てしまう。湯水は一瞬「しまった」という顔をしたが、すぐに続ける。

「エイリアンクラフトなんてのは所詮、当時のバイアスに過ぎないんですよ。二十世紀後半は謎の光、謎の飛行物体を、そう見なすことが主流だったってだけの話です。だから大谷さんも聡さんも、メディアも世間も、まずはそういう解釈を当てはめた。つまり最初の時点で、早くも事実との乖離が起こっていると言えます。時代のフィルターがかかっている」

身振りを交え、熱っぽく語り出す。

「飛行船が航空輸送手段の主流だった二十世紀前半には、『謎の飛行船』の目撃情報が数多くあった。もっと遡ると狐狸妖怪の仕業だと見なされていた。あの天狗だって、本邦最古の記述は空飛ぶ怪しい光でした。厳密には光の解釈。『あの光は何だ？』『天狗です。中国の人に聞いたことがある』みたいなね。実際のところは流星だったとする説が主流ですし、読み方は『アマツキツネ』ですが」

「そうなんですか」

ゆかりが小さく驚き、湯水が嬉しそうに頷く。

「郷土資料を調べてみたんですが、巴杵池にはかつて主が住んでいたそうですよ。文献によっては『はぎねのぬし』と呼ばれたりもする。勿論そういう伝承があった、というだけのことですが。池に小便をしたら大雨洪水が起こった、死んだ愛犬を畔に埋めて供養したら、翌日には蘇生して帰ってきた——そんな言い伝えがいくつか記録されています。あの祠の由来は定かではないですが、おそらく『はぎねのぬし』を祀ったものでしょうね」

そうだったのか。

意外なところで祠について知り、昌輝も驚いてしまう。

湯水は昌輝とゆかりを順に見つめてから、

「ヌシとは大抵、年月を経て巨大化し、超常的な力を得た生物です。巴杵池の主もそうなんですが、その正体は資料によって違う。巨大な鯉だとするものもあれば、大蛇だとするものもある。蝦蟇だとする本もあったし、蟹だとする文献もあった。もちろんどれも作り話でしょう。規格外に育った生き物は実在したかもしれませんが、それだけです。ですが、僕はいくつかの記述に興味を引かれた。まず一つ。巴杵池の主は太古の昔、稲光とともに空から降ってきた」

そこで間を空けて、

「もう一つ。よくないことが起こる前、あの池は青白く光ることがある。奇妙な水音がすることもある」

と言った。

昌輝の口から「えっ」と声が漏れていた。

「ある時は光った翌日、近くの集落で火事が起こった。ある時は記録的な不作に陥った。かつては戦乱が、津波が。要するに巴杵池の青い光は凶兆なんです」

湯水は上体を折り、昌輝に顔を近づけると、

「巴杵池事件もこれに当てはまる。そう思いませんか？　青い光と妙な音は、八年後の天平才九郎の死の予兆だった。科学的な理屈は分からないまでも、あの池にはそういう仕組みがあるんじゃないでしょうか。時代のせいでエイリアンクラフトと解釈されてしまいましたが、実際は遥か昔から連綿と続く、神秘的伝統的な怪異なんじゃないでしょうか。大谷さんと聡さんがご覧になったモノの正体は、伝承が途絶えたことで所謂ＵＦＯと誤認された、この地域特有の怪異『はぎねのぬし』――言わば零落した神なのでは？」

疑問形だが確信を込めた口調で囁いた。

座っているのに足元が崩れ、落下するような感覚に陥っていた。昌輝の記憶が新たな意味を持ち、より鮮明に彩られている。

冷や汗が額を伝った。

乾いた唇を舐めてから、昌輝は訊いた。

「本当に……そうなんですか」

「まさか」

湯水は申し訳なさそうに肩を竦める。

「これも単なる流行、現代のバイアスです。今はこんな風に、オカルト事件を民俗学っぽい言葉で飾り立て、伝統を装うのが流行ってるだけなんです。『怪異』『零落した神』なんてのも単なる定番ワードですよ。もっとも、一九六〇年代には既にジャック・ヴァレって学者が、異星人との遭遇事件と、ヨーロッパの妖精目撃談の類似を指摘していました。UFO案件をSFめいた疑似科学ではなく、民俗学的に読み解こうって試みですね。でも当時はほとんど話題になりませんでした。少なくとも本邦では」

「流行りじゃなかったから、ですか」

ゆかりが冷ややかに問いかける。

「そうです」

湯水もまた冷ややかに同意した。「検証不可能なのを良いことに、オカルト事件にその時その時に流行っている〝解釈〟を当てはめ、当事者のことなどお構いなく〝考察〟してみせる——大多数のオカルト好きがやっているのは、所詮この程度のお遊戯ですよ。僕も含めて」

「ネタにしてる、ってことですよね」

呆れた様子でゆかりが言った。馬鹿馬鹿しくなったのか、応接室をゆっくり歩き回る。悠太がむにゃむにゃと何か言ったが、すぐにまた寝息を立てる。

「ネタ、か」

昌輝は呟いた。

悲しみが胸に広がった。

「いつまでネタにされ続けたらいいんでしょうね」

止まらない。

止めようと思っているのに止められない。

「ほんまに僕がウソ吐いてるんやったら、とっくにそう言うてます。光る物体なんか見てませんヒトデも見てません全部ウソでした、そうウソ吐こうと思ったことも一回や二回やない。こないだもネットに書こうかなって思いましたよ。たかがUFOの話や、大勢が満足する答えを言うたったらええ、そしたらもう嫌な思いせんで済む――そう自分に言い聞かせてね。でも無理でした。意地というかプライドというか……上手く言葉にできませんけど」

聡の声が頭に響く。

(そんなん最初は言うてへんかったやろ。ウソやんな？)

(思い出したって何なん？　俺は全く思い出さへんぞ)

（なあ、どういうことやねん）

（お前のこと信じたいけど、こんな話デヵなってもう訳分からんわ……）

騒ぎが大きくなるにつれ、聡と一緒に遊ぶことは減った。落ち着いても元通りにはならなかった。クラスメイトは昌輝を疎外こそしなかったものの、腫れ物に触るように扱った。教師たちは無関心を装っていたが、内心は疎ましく思っているのが見え見えだった。

守ってくれたのは両親と、近所の大人たちだ。その点は感謝している。有り難いと思っている。だからといって昌輝の気は晴れなかった。今も晴れない。三十四年経った今なお人々のネタにされているという事実を、完全に無視することはできない。暗い感情が澱のように、胸の内に溜まり続けている。

「お話をもっと聞かせてもらえませんか」

湯水が言った。

「厚かましいお願いですが、自分みたいな人間には、聞く責任、発表する責任があると思ってます。苦しいかもしれませんが、よろしくお願いします」

真剣な表情で続ける。

しばらく考えて、昌輝は答えた。

「その前に、ちょっと休憩しましょうか。飲み物は何がいいです？」

湯水の顔は子供のように明るくなった。

アイスコーヒーを一口飲んでから、昌輝は今までのことを語った。

聡と疎遠になったこと。

中学はもちろん高校でも、九州の大学でも、昌輝が「あのＵＦＯ事件のオオカミ少年」だと気付く人間は少なからずいたこと。

ある者にはからかわれ、ある者には説教され、また別のある者には怪しげなセミナーに参加させられそうになったこと。

湯水はＩＣレコーダーに録音しながら、真剣に耳を傾けていた。

九州の企業に就職したが、父親が倒れ、ここに戻ってきたこと。翌年に父親は他界し、このホテルを継いだこと。経営が苦しい中、〝聖地巡礼〟と称して泊まりに来る愛好家たちを、拒否することができないでいること。

気付けば午後四時を回っていた。

いつの間にかいなくなっていた辻村母子（おやこ）が、玄関から入ってくる。ちょこちょこと歩く悠太は湯水の姿を認めるなり、ゆかりの背後に隠れた。スカートを力いっぱい握りしめる。

「大丈夫よ悠太、このおじさんは怖くない」

「はは、まあしょうがないですよ」

湯水はニッと歯を見せた。おそるおそる顔を覗かせた悠太が、慌てて引っ込む。怪しい大人に素直に怯える、子供らしい反応が可愛らしい。

「部屋に戻ります。聡さんがお越しになるんですよね」

「ああ、そうでした」

すっかり忘れていたことを、ゆかりの言葉で思い出す。夕方、と聡は言っていた。もう来てもおかしくない。

昌輝は話を切り上げることにした。湯水は露骨に残念がったが、「ひとまずですよ」と伝えると嬉しそうに礼を言った。本音だ。まだ話すことはある。むしろ話したい。第三者に聞いて欲しかったのか。吐露したかったのか。今まで自覚していなかった願望に気付き、昌輝は心の内で驚いていた。

湯水を玄関まで見送り、また連絡することを約束して、事務室に向かう。冷凍食品で簡単に昼食を済ませ、仕事をしながら、昌輝は聡の来訪を待った。湯水に打ち明けたことで少しばかり心は晴れていたが、今度は聡のことが気になっていた。

あの風体。

あの苛立ちと、切羽詰まった様子。

荒んだ生活を送っているのは想像が付いた。だがそれ以外のことは分からない。彼の発言の真意も。そもそもこれから何をしに来るのかも。決して旧交を温めるだけでは終わらないだろう。

ぼんやりとした不安を覚えながら、昌輝はデスクで仕事を続けた。時間はじりじりと緩慢に過ぎていった。やっとのことで午後五時を過ぎ、気が遠くなるほど後に午後六時を回る。

時計の針が七時を回っているのを見た時、「あれ」と声が出ていた。

固定電話の着信音が、狙ったようなタイミングで室内に鳴り響いた。知らない携帯電話の番号が表示されている。

「お電話ありがとうございます、ホテル大谷でございます」

「昌くん？　うちや、うち」

不明瞭(ふめいりよう)な老女の声がした。少し考えて、小泉のオバさんだと気付く。

「どないしたん」

あのな、そのな、としばらく口ごもって、彼女は一息に言った。

「みっちゃん――あんたのお母さん、えらいことになったで！　聡くんもや！」

五

事件から遡(さかのぼ)ること8年、１９７３年（昭和48年）7月17日未明、海南電鉄高崎線巴杵駅上り線の改札を出てすぐの場所で、女性が血を流して倒れているのを駅員が発見。救急車で運ばれたが病院で死亡が確認された。女性は堺市(さかいし)に住む当時21歳の会社員で、死因は左手首を切ったことによる失血死である。現場には包丁が残されており、会社員の自宅にあったものと推定。警察は交際相手である同僚の男性を事情聴取したが、ほどなく釈放している。

一部の陰謀論者は、この事件をエイリアンおよび日本政府による偽装自殺だと主張しているが、その根拠は極めて信憑性(しんぴょうせい)に乏しく、作家の川越豊(かわごえゆたか)がこれについて論じた『ハギネ・エイリアン最終警告』（戸熊(とくま)書店）は第一回日本ブットビ本大賞を受賞している。

昌輝が駆け付けた時、彼の母親は巴杵池の岸で、ずぶ濡(ぬ)れになって倒れていた。後で聞いたところ、水面から手だけ突き出ているのを、下校中に寄り道した隣町の小学生男児が見付けたという。

「よかった、息しとるぞ」

「そんなんで安心できるかアホ」

「一一〇番はしたんか」

「何言うてんねん、一一九番じゃ」

取り囲む老人たちが口々に言う。

蠟人形のように白い顔に耳を近づけると、微かな息づかいが感じられた。手に伝わる鼓動は弱々しく、今にも止まってしまいそうだ。

サイレンの音が近付いてきた。

どやどやと救急隊がやってきて、母親を担架で運んでいく。昌輝はその段階でようやく、すぐ近くにもう一人倒れていることに気付く。

聡だった。

彼もまた濡れ鼠だったが、その目は虚ろに開き、青い空を見上げていた。

死んでいる。

信じたくないのに分かってしまう。

恐怖と悲しみが同時に込み上げ、昌輝はその場にへたり込んだ。

澱んだ池の水が夏の木漏れ日を反射して、ぎらぎらと刺々しく光り輝いていた。

隣町の救急病院の待合室で、昌輝は医師と警察から説明を受けた。

母親は顔や上半身に殴られたような痕があった。

頭には大きな瘤があり、殴られ昏倒したところを池に落とされたと考えられる。

意識はまだ回復しない。

全力を尽くす、と医師は言ったが、助かるのか否かは明言を避けた。百パーセントの保証はできないのだ、と昌輝は察したが、かといって納得できるわけもなかった。ただただ不安で仕方がなかった。

聡の死因は肺に水が入ったことによる窒息。つまり溺死だった。二人がどういう経緯で池に行き、死傷したのかはまるで見当が付かないという。

はっきり覚えているのはここまでだった。

我に返った時、昌輝はホテル大谷の、応接室のソファに腰掛けていた。

時計の針は午後九時過ぎを示している。

驚いたことに、小泉のオバさんから電話があってから、丸一日以上が経っていた。記憶があやふやで、いつここに戻ってきたのかも思い出せない。冷房が異様に利いていて酷く寒い。大きなくしゃみをしたところで、昌輝は大事なことに気付いた。

お客様は——辻村母子はどうなっただろう。

宿帳を確認すると、昨夜のうちにチェックアウトしていた。「月」の間のルームキーも手元にある。返金の処理も済ませている。昌輝は少しも覚えていなかったが、状況を説明して帰ってもらったらしい。

湯水はどこに行ったのだろう。客でこそないが気にならないわけではない。気にしている場合ではないのに。

そして——お袋はどうなっただろう。

昌輝の全身が震えた。

この応接室の他に何もなくなったような感覚。閉塞感と孤独が同時に胸を締め付け、足が竦む。

聡が死んだ。

仲直りのきっかけは幾つもあった。

ウソを吐いていないことと、信じてほしいという気持ちを素直に伝えれば、きっと分かってくれただろう。それなのに完全に決裂することを恐れ、距離を取ってしまった。彼にしてみれば、昌輝の方から離れていったように感じただろう。こんなに冷静に分析できているのに、もうどうにもならない。

母親も死に瀕している。

一人息子の昌輝を、忙しい仕事の合間に育ててくれた母親が。事件の後も息子を信じ、時に無礼な記者を追い払ってくれた母親が。信心深く祠へのお参りを欠かさなかった母親が。最近はどうということもない会話しかしておらず、礼らしい礼は一言も伝えていない。病院に行ってもこの時間では面会できないだろう。

どうして。何故こんなことに。

頭を抱えてカウンターに突っ伏し、昌輝は固く目を閉じた。

暗い視界にじんわりと、青白い光が浮かんだ。

あの日の記憶、あの時の光景だ。

池の上に浮かんでいた、円盤状の光る物体。

音とともに形を変える。

縦の光線。

星空のような壁。

そこからこちらの世界へ侵入してくる、巨大な、真っ黒な、太く長い触手が生えた怪物。

巴杵池の主なのか。

ただの流行だと湯水は言っていたが、言い伝えがあることは事実らしい。だったら光が大昔から何度も目撃されていることは事実ではないか。「はぎねのぬし」と呼ばれる存在が池にいるのではないか。

人知を超えた何かが。

この先に起こる凶事に反応し、池に星空のような光を放つ何かが。天平才九郎だけでなく今回の件についても、あの光は告げていたのではないか。昌輝や聡に降りかかる凶事に反応していたのではないか。

であれば聡だけでなく、母親も死ぬのではないか。

恐ろしい。

だが僅(わず)かに辻褄(つじつま)が合う。意味を持っている。

非科学的なのは分かっていたが、せめてその点だけでも意味づけないと、気が変になってしまいそうだった。何もかもが不条理なままでは、正気を保てそうになかった。

あれこれ考えた末にようやく理性を取り戻し、昌輝は大急ぎで病院に電話した。


母親は目覚めなかった。

面会はできるようになったが目を開けない。声をかけても反応しない。これを「命に別状はない」と言っていいのか。助かったと言っていいのか。医者に訊(き)いたがはっきりした答えは返ってこなかった。

司法解剖を行う必要があるため、聡の遺体はまだ病院にある。具体的にいつ終わるかは分からないという。警察からの連絡に胸が苦しくなった。真相を明らかにしてほしい気持ちは勿論(もちろん)あるが、かつての友人の亡骸(なきがら)が病院に安置されている、と考えるのは辛い。

ホテルは営業するだけしておいた。

近所の人が時折訪れては、昌輝に励ましの言葉をかけてくれた。

「みっちゃん、きっと助かるて」

「みっちゃん強いもん」

「昌くんも辛いやろけど、あんたが参ったらあかんで」

「聡のことは残念やけど」

彼ら彼女らの言葉を支えに、昌輝は母親の見舞いをしつつ、今までと同じ日常を送ることを選んだ。それが今できる最善のことだ。そう言い聞かせて日々を送った。

湯水が再びやって来たのは、事件から十日後のことだった。

午後二時過ぎだった。

蝉の声がやかましく、表のアスファルトに照り返す光が、応接室にいても眩しい。

湯水は前回とは打って変わって、落ち着いた恰好をしていた。

「聡さんの件は残念です。お悔やみ申し上げます」

自分を殴り付け、怪我をさせた聡の死に、湯水は心を痛めているようだった。さらに驚いたことに、彼は東京に帰ってから今朝まで、聡について調べていたという。

「端的に言うと、上手く行っていなかったようですね」

湯水は沈痛な面持ちで言った。

「上京してから十回以上も職を変わっていますし、昨年に怪我でアルバイトを辞めてから収入はなかったらしい。交友関係はほとんどゼロでした。最後に住んでいたのは漫画喫茶です」

「それは……住んでいたと言うてええんですか」

湯水は答えなかった。

昌輝の印象どおりではあったが、改めて聞くとただただ悲しい。息苦しさを覚えるほどだった。

「それでどうにもならなくなって、巴杵町を——地元を頼ったということですか？」

「おそらく。ただ、あの時の聡さんの言動は、単に困窮していたというだけでは説明できない。大谷さんに対して特別な感情があったように感じました。あくまで印象ですが、嫉妬だとか、積年の恨みだとか……失礼ですが、何か心当たりは？」

「いや、それこそ事件の、UFO騒動のことくらいしか」

応接室の小さなテーブルを挟んで、昌輝も湯水も首を捻った。蟬の声が一際大きく耳に響いた。

「恩着せがましいのを承知で言いますが」

湯水が口を開いた。こめかみの汗を拭うと、

「オカルト専門誌全部に売り込みをかけました。今回の事件の現場にいた、だから自分に書かせろってね。巴杵池事件と絡めた、臆測（おくそく）と妄想だらけの低劣な記事を書かせないよう先手を打ったわけです。確約をくれたのは『レムリア』と『月刊ブルシット』の二誌だけですがね」

「ありがとうございます」

「こんなことしかできなくて申し訳ない」

「とんでもない」

あなたが罪悪感を持ったり責任を感じたりすることはない、と昌輝は本心から思った。母親の怪我と聡の死はもちろん、巴杵池事件の報道で昌輝が長年苦しめられたことも、湯水のせいでは全くない。

玄関で物音がした。

近所の人間だろうか、それとも飛び込みの客だろうか。立ち上がって来客の顔を見たのと同時に、昌輝は「ええっ」と声を上げた。

辻村ゆかりが無表情で立っていた。

※

辻村ゆかりの自宅兼事務所は、汐留の超高層タワーマンションにあった。アシスタントは三人いて、この日はうち一人だけが出勤し、厨房(ちゅうぼう)の掃除をしていた。

大阪での番組収録が中止になって、一人とんぼ返りさせられたアシスタントだった。広大なアイランドキッチンを綺麗(きれい)に磨き上げると、彼女は大きく息を吐いた。自分の仕事の出来映えにしばしの間うっとりし、我に返って雇い主の——ゆかりの書斎へと向かう。

何度ノックしても返事はなかった。

彼女は迷った。

ノックせずに先生のいる部屋に入るな、と先輩アシスタントには厳しく言われていた。後が怖いから、と脅されてもいた。

彼女にはまるで信じられなかった。穏やかで優しい辻村ゆかり先生の「怖い」一面など見たことがない。だが先輩達が冗談を言っているようにも思えない。

「先生。お掃除終わりました」

ドア越しに呼びかけたが、やはり返事はない。

過労で倒れたのでは。転んで頭を打って、意識を失っているのでは。

有り得ないことではなかった。ゆかりは実際、多忙だった。寝る間を惜しんでレシピの開発に勤(いそ)しんでいる姿を、毎日のように見ている。

「失礼します」

アシスタントは意を決して、大きなドアを開けた。

広々とした書斎の一角。大きなデスクに肘を突いて、辻村ゆかりはぼんやりと天板を見つめていた。

子供向けの図鑑に視線を落としていた。悠太のためにゆかりが買い与えたうちの一冊で、表紙に『人体』と書かれている。

アシスタントは忍び足で近寄り、声を掛けた。

「辻村先生？」

ややあって、ゆかりは図鑑に目を向けたまま、口を開いた。

「ねえ」

「はい」

「あなた、お母様と上手くいってる？」

「え？　上手く、ですか」

「そう」

ゆかりはまだ顔を上げない。

唐突な質問に戸惑ったが、アシスタントは素直に答えることを選んだ。

「まあ、ええ方やと思います。連絡は取り合ってますし。しょうもない遣り取りばっかりやけど、だからこそというか」

「そう」

ゆかりは物憂げにページを捲(めく)って、訊(たず)ねた。

「子供が出来たら、お母様みたいな母親になりたい？」

「うーん、ベースはそうかもしれません。あかんとこもあるけど、参考にはすると思います」

「わたしは？」

「え？」

「わたしは参考にならない？　わたしは理想の母親とは違う？」

「いえ、と、とんでもない」

彼女は慌てて否定した。

不安が胸に湧き起こっていた。疑問が渦巻いてもいた。頭を必死で働かせ、ゆかりの様子を窺(うかが)う。俯(うつむ)いているので表情は分からない。これまでの口調から、感情らしい感情は感じられなかった。

迷った末に、アシスタントは言葉にした。

「先生も理想ですよ。立派なお母さんや、真似(まね)したいて思います」

「そうよね」

ゆかりは当たり前のように言った。

「そうに決まってる。そうでないとおかしい」

アシスタントの背筋に、冷たいものが走った。

辻村ゆかりの顔に罅が入り、その隙間からどろどろした何かが溢れ出る。そんなイメージで頭がいっぱいになっていた。呻き声が出そうになって、口を押さえる。

「なのに……なのに」

ゆかりは呟くと、顔を上げた。

それまで見たことのない、冷たい表情が浮かんでいた。

六

２０１５年（平成27年）７月21日、巴杵池にAの母親（以下C）とBが沈んでいるのを通りかかった小学生に発見される。Cは意識不明の重体で、Bは溺死していた。当日午前A、B、CはAが経営する旅館の前で揉めており、３人の間に何らかのトラブルがあったことは推察されるが、本稿執筆時（２０１９年〈令和元年〉８月現在）も真相は明らかになっていない。

「お母様のご容態は如何ですか」

麦わら帽子を取ると、ゆかりは訊ねた。

白いロングスカートに白いブラウス、ベージュのトートバッグ。長い黒髪を両肩に垂らしている。

母親のことを伝えると、彼女は悲しげに眉根を寄せた。

「そうですか……お母様にはとてもよくしていただいたのに、ちゃんとお礼もできずにいました。申し訳ありません」

「とんでもない。あの、どうかなさいましたか」

昌輝は率直に訊いた。多忙の合間を縫ってわざわざ、ここに来る理由が思い当たらない。

「夕方から大阪でまた収録があるので」

「そのついでに、わざわざ足を運んでくださったんですか」

今度は答えなかった。昌輝が黙っていると、ゆかりは思い詰めた表情で口を開いた。

「一つお訊ねしても構いませんか」

「勿論。何でしょう」

「大谷さんが生まれた頃の写真を見せていただけますか？」

突然の質問に何も言えなくなってしまう。湯水が唇をひん曲げる。こちらが理由を問う前にゆかりは答えた。

「今回の事件と関係があるかもしれません。それと——巴杵池事件とも」

彼女の目は真剣だった。

気魄に圧され、昌輝は「少しお待ちください」と応接室を飛び出した。

一階、住居部分にある、母親の寝室。

棚のアルバムを引っ張り出し、埃を払って応接室に取って返す。ソファに座っていたゆかりに手渡すと、彼女はその場で開き、分厚いページを繰る。

昌輝はゆかりの肩越しに、アルバムをのぞき込んでいた。半ばセピア色に退色した、幼い頃の自分の写真。切手ほどの大きさの紙が貼られており、両親の字で簡単な説明が記されている。律儀に二人の署名までされている。

〈満一歳　誕生日おめでとう　俊彦〉

〈満一歳六ヶ月　浜寺公園にて　俊彦〉

〈満一歳七ヶ月　王子動物園にて　道子〉

撮られた当時のことはまるで記憶にない。両親にとっては息子の成長記録だが、赤の他人にとっては昔の赤ん坊の写真にすぎない。

こんなものを何故、辻村ゆかりは。

やがて彼女は小さく溜息を吐くと、パタン、と音を立ててアルバムを閉じた。

「……すみません、何を調べてらしたんですか」

訊いたのは湯水だった、訝しげな表情で続ける。「事件とも関係あるって仰ってましたよね。仕事柄、やっぱり気になります」

「そうですか」

ゆかりは虚ろな声で答えた。ややあって、彼女は昌輝を見上げた。

「大谷さん。わたしの〝考察〟を聞いていただけますか？」

「え？」

「事件をわたしなりに〝解釈〟してみました。〝流行〟や〝世相〟に鑑みて、わたしなりに辻褄合わせをしてみたのです。証拠はありませんが、捜査が進めば或いは見つかるかもしれません。いえ、お母様が回復されたら、直接確かめてみるのが最善でしょうね」

「どういうことですか」

声を荒らげたのは湯水だった。鼻の穴を膨らませる。「探偵の真似事をしに、わざわざ東京からいらしたんですか」

「ええ、大切なことだからです」

ゆかりは真顔で答えた。湯水は彼女を睨み、次いで昌輝を見る。

迷った末に、昌輝は言った。

おかしなこと、分からないことばかりが続き、途方に暮れていた。それを少しでも何とかしようと、ゆかりはこんな大阪の片田舎までやって来た。湯水だけでなく、彼女もまた母親の怪我、聡の死に心を痛め、昌輝に親身になってくれているのだ。きっとそうに違いない。

湯水は不服そうに腕を組んで、ソファに身体を預けた。

「ありがとうございます」

ゆかりは一礼すると、背筋を伸ばして言った。

「湯水さん」

「え？　はい」

突然名指しされた湯水が、身体を起こす。

「天平さんがここに泊まった時の話を覚えてらっしゃいますか？」

「ああ、大谷さんが酔った天平に絡まれたって話ですよね？　池の畔(ほとり)でエイリアンの遺体を発見したとか」

「それが事実だとしたら？」

「は？」

「正確には、そう解釈できる物を本当に掘り当てたのだとしたら？　という意味です。

熱心なビリーバーならエイリアンの遺体だと信じ込んでしまう。そんな物体が地面から出てきたら」

ゆかりは手にしたアルバムを、テーブルにそっと置く。湯水は少し考えて言った。

「精巧な人形か何か？」

「さすがに気付くでしょう」

「着ぐるみ？」

「同じことです」

「じゃあ何です。そんな物あるわけがない」

「大谷さんは如何ですか？」

「……全然分かりません」

昌輝は率直に答えた。質問に対する答えも分からないが、ゆかりがこんな質問から始める意味も分からない。湯水も同じ考えらしく、首を捻っている。

ゆかりは昌輝と湯水を順に眺めて、言った。

「嬰児の白骨死体ですよ」

湯水が口をあんぐり開けた。

「成人に比べて子供は頭が大きく、顎は未発達で身体は小さい。エイリアンの典型的なイメージも同様です。たしかリトル・グレイと言うのでしたか。UFOのこと、陰謀のことで頭がいっぱいの人なら、嬰児の骨をエイリアンのそれだと誤認してしまうこともあるでしょう」

　ゆかりは淡々と続ける。

「天平さんはそれを偶々(たまたま)掘り当て、そのことを知った大谷さんのご両親、俊彦さんと道子さんに殺された。泥酔して眠ったところを運ばれ、巴杵池に沈められたのでしょう。そしてご両親は嬰児の骨を別の場所に隠した」

　当然の帰結のように言い切る。

「な、何を言うてるんですか……」

　自分でも情けなくなるほど弱々しい声で、昌輝は言った。あまりの怒りに言葉が出てこなくなっていた。

「辻村さん、あんまりですよ」

　昌輝の気持ちを代弁するかのように湯水が非難したが、ゆかりは全く動じなかった。

「何があんまりなんですか」

「いや、あのですね……親を殺人者扱いされて怒らない人はいませんよ。大した根拠もないのに決め付けられたら尚更(なおさら)です」

「では大した根拠があればいいんですね？」

「はあ？」

「動機は口封じです」

　きっぱりとゆかりは言った。

「嬰児の骨が世に出れば、ご両親が法を犯していることが明るみに出る。何より自分たちが偽りの家族だと知られてしまう。世間にも、息子である大谷さんにも」

　何を言っているのか分からない。法を犯すとは何だ。偽りの家族とは何だ。

　昌輝が睨み付けると、ゆかりは再び話し始めた。

「嬰児の白骨は生まれてすぐ何らかの理由で亡くなった、本当の大谷昌輝さんです。悲しみに暮れた俊彦さん道子さんは死亡届を出さず、誰にも知られぬよう昌輝さんの亡骸(なきがら)を『はぎねのぬし』に捧(ささ)げた。言い伝えの犬のように巴杵池の畔に埋めたのです。子供が生き返りますように、と。すると——」

　遠い目をして、

「ほどなくして、ご両親は偶然にも同じくらいの月齢の嬰児を拾った。昌輝さんの生まれた七〇年代初頭に〝流行〟していたのは何か、ご存じですか？　嬰児のコインロッカー置き去り事件です」

　と言った。

　以前は慈しみに溢(あふ)れていたゆかりの目が、今は闇夜のように黒々として見える。息子に語りかけていた時の優しい声は、今は機械のように無機質に聞こえる。

昌輝は立ったまま両の拳を握りしめ、彼女の言葉を聞いていた。

「来る途中で海南電鉄に問い合わせて確かめました。巴杵駅の改札脇にコインロッカーが設置されたのは一九七一年。二年後に会社員の女性が、このロッカーの前で自殺しています。この女性が大谷さんの実の母親だとしたら？　我が子を棄てた罪悪感に耐えきれなくなって、棄てた場所で命を絶ったのだとしたら？」

「妄想が過ぎますよ」

湯水が呆れた顔で言ったが、ゆかりは無視して話し続けた。

「ロッカーで嬰児を拾ったご両親は、これを『はぎねのぬし』のおかげだと信じ込みます。願いを叶えてくれたのだと。もちろん昌輝さん当人が蘇生したわけではありませんが、そう解釈してしまうほど、その偶然は絶妙だったのです。コインロッカーの嬰児は二人の子供、昌輝さんとして育てられた」

ここで言葉を切る。

「それが僕だ、とでも……？」

沈黙に促されて、昌輝は訊ねた。怒鳴りつけてやろうかと思ったが、何とか怒りを抑え込む。

「アルバムには、新生児の頃の写真が一枚もありませんでした。退院時も、お宮参りも、お食い初めも。以降はとても充実しているのに」

「いや、あのですね」

湯水が苦笑しながら口を挟んだ。

「そんなものは証拠になりません。七〇年代初頭といえばコンパクトカメラが普及する前だ。今と違って誰も彼もが気軽に写真を撮れた時代じゃない」

「ではご本人の記憶はどうでしょう？」

「記憶？　何のことです」

湯水が尖った声で問いかける。ゆかりは身体ごと昌輝を向いて、

「変化した証言のことですよ。巴杵池事件で大谷さんが後から思い出した記憶。あれはコインロッカーから助け出された時に、ご覧になった景色ではないでしょうか」

言葉が昌輝の頭に届いた。

途端に脳みそを掻き回されるような感覚に襲われた。

怒りが一瞬で脇に押し退けられ、記憶の意味が少しずつ書き換えられていく。

床のタイルが波打ち、窓が揺れている。

そう錯覚してしまうほど昌輝は混乱していた。

車酔いを何倍にもしたかのようだった。ゆかりの言葉が感覚を狂わせていた。

馬鹿な、ウソだ、出鱈目を言うな。そう笑い飛ばしたいのにできない。頭の隅に灯

っている一つの光が、少しずつ膨らんでいる。大きく青く光り始める。

あの日の光だ。

暗闇の中、四角いドアが開く。

徐々に外の景色が見える。

闇夜に輝く家々の灯り、駅の灯り。

そして大きな二本の手が、こちらに差し伸べられる。

父親の手だろうか。

いや、それとも母親の。

分からない。

だが、それでも。

「どういうことだ……まさか、事実なのか」

湯水が呆然として言った。

その声で昌輝は、自分が泣いていることに気付いた。視界が滲んでいる。鼻水の塩辛さを舌に感じる。顔中が熱い。嗚咽が止まらない。

この感情は何だ。

自分は今何を感じ、何を思っているのだ。

ただ激しい感情が渦巻いていることは分かるが、何の感情なのかは分からない。

声もなく泣いている昌輝を見つめながら、ゆかりは話し出した。

「巴杵池でご覧になった光が何であるかは分かりませんが、いずれにしても大谷さんは強いショックを受けた。そして取材を重ねるうち、忘れていたコインロッカーでの記憶を思い出した。でもその意味を大谷さんは理解できず、時系列に並べることもできなかった。ただ素直に言葉にすることしか」

「それで……証言が変わったのか」

湯水が唸った。「前例はなくもない。それこそヒル夫妻誘拐事件や、あと甲府事件がそうかもしれないって説もある。目撃者の語るエイリアンの風貌が、その直前にテレビドラマで放送されていたり、雑誌に掲載されていたエイリアンの着ぐるみと酷似していたりするケースです。当人たちに嘘を吐いている意識はない。不可解な体験を言語化する過程で、別の記憶と紐付き、混ざってしまうんだ」

いつの間にかゆかりの〝考察〟に賛同している。彼女は「助かります」と湯水に言って、

「こう考えると、大谷さんが証言を事実だと頑なに言い続けたことも説明が付きます。単なる意地やプライドではない。ご自身にとって最も大切な、決定的な瞬間の記憶を、二度と忘れまいとしたんじゃないでしょうか」

「無意識に記憶の価値を理解していた、ってことですか」

湯水が補足すると、ゆかりは小さく頷いた。

二人のやり取りを聞きながら、昌輝は考えていた。

自分はコインロッカーに棄てられた。

両親は偶然それを発見し、直前に亡くした実子の昌輝として育てた。

証拠は写真とあの記憶だ。自分を苦しめ続けた、光の記憶。そして黒い大きなヒトデ形生物の記憶。

辻村ゆかりの〝考察〟を無意識に認めていた。

頭より先に感情が「その通りだ」と告げていた。

そして今現在との辻褄合わせを試みている。

「……まさか」

言葉にしようとした途端、昌輝の全身に鳥肌が立った。

「そうです。今回の事件も、天平さんの時と同じです」

ゆかりが言った。

「大谷さんが俊彦さん、道子さんの実子でないことは、町の人も何となく察していた。聡さんもその一人でした。実子でない大谷さんがのうのうと家業を継ぎ、平穏に暮らしていることが、困窮した聡さんには許せなかった。だから全てを大谷さんにバラそうとした」

閉じたアルバムを悲しげに眺める。

「それを何としても防ごうと、道子さんは聡さんを駅で待ち伏せし、巴杵池に連れ出した。話し合っているうちに揉み合いになり、二人とも池に落ちた——これが今回の事件の真相ではないでしょうか」

「……いや、そこはおかしい。辻褄が合いそうなだけで、根拠薄弱な臆測でしかない」

湯水がきっぱりと否定した。がりがりと胡麻塩頭を掻きながら、

「それ以前に非常識だ。当て推量で他人の親を、それも生死の境にいる人を殺人者呼ばわりするなんて。そんなことをしにわざわざいらしたんですか？」

早口で問い質す。

彼の言葉に導かれて、昌輝は思いを——怒りを新たにした。そうだ。目の前の女性は両親を人殺しだと臆測している。おまけにそれを自分に告げている。これを失礼と言わずして何と言おう。

「……辻村さん」

昌輝は乱れた呼吸と思考を整えながら、訊ねた。

「どういうことですか」

ゆかりは答えなかった。

黒い目で昌輝を見つめていた。

長く苦しい沈黙の後、彼女はハッと息を呑んだ。小さな口から、か細い声が漏れる。

「……すみません。〝考察〟が過ぎました。つい調子に乗ってしまいました」

おどおどと落ち着かない様子でまくしたてる。立ち上がって昌輝に迫る。

「今の話は忘れてください。出鱈目です。きっと全部『はぎねのぬし』の仕業です。謎の光も天平さんが亡くなったのも、今回のお二人の件もみんな。あの池には何かがいる。そっちの方がいい。そう、主がいた方が」

「え？」

「立派な母親なんていなかった、と言っているんです。拾った子供を守るためなら人も殺せる、そんな親なんて」

「すいません、何を——」

「ごめんなさい、本当にごめんなさい」

ゆかりは身体を折って詫びの言葉を繰り返した。

湯水が昌輝に肩を竦めて見せた直後、事務室の電話の音が鳴り響いた。

七

巴杵池は凪いでいた。

　空は曇っていたが、蟬の声はあらゆる角度から聞こえてくる。

　昌輝は突っ立って、母親の背中を見つめていた。彼女は祠の前に跪き、手を合わせて、祠に言葉をかけていた。

「無事に返してくれてありがとうございます、いつもいつも見守ってくれはって、ほんまに……」

　意識が回復したのは先週、湯水とゆかりが再びホテルに来た時だった。電話は病院からで、母親が目覚めたことを告げるものだった。

　二人を追い出すようにしてホテルを閉め、昌輝は大急ぎで病院に向かった。ベッドで息子を認めた母親は「心配かけてごめんね」と、か細い声で言った。その声を聞いた瞬間、昌輝は看護師たちの目も憚らず泣き崩れた。

　池で何があったのか。

　聡と何があったのか。

　昌輝と警察が何を訊いても、母親は「分からん」と答えた。家にいたのにいつのまにか病院にいた。間のことは何も覚えていない——そう繰り返した。

　退院したのは昨日のことだった。後遺症もなく普通に会話もできていた。ここに来るまでの足取りは、むしろ以前より軽やかだった。祈り続けている小さな背中を、昌輝は静かに見つめていた。

母親の言う「神さん」が誰なのか。

お袋が何に祈り続けていたのか。

ゆかりの〝考察〟はその点も明らかにしていたが、信じてしまいそうになるのを辛うじて踏み止まる。彼女の言葉には少しばかり説得力があっただけで、事実でも何でもない。失礼千万なだけの妄想だ。そう断定することを昌輝は選んだ。もちろん、母親に真偽を確かめることもしていない。

あの後に一度、テレビで辻村ゆかりを目にした。彼女の家族も出演していた。幸福そうに悠太と遊んだり、夫らしき男性と語らったりしているゆかりを見て、昌輝は首を傾げた。

あの時の〝考察〟は何だったのだろう。

問い詰めた時の狼狽（ろうばい）ぶりも気になった。

湯水の記事はまだ届かないが、一昨日（おととい）一度だけメールが届いた。追加の質問事項と、下らない〝考察〟は絶対に書かないという約束。その二つが簡潔に、だが誠実な文章で記されていた。

事件は全国に報道されていた。

めざとい愛好家は巴杵池のこと、聡のことに気付き、その不審死に注目するだろう。オカルト雑誌は記事にし、アマチュアはネットで語るだろう。いずれ出る湯水の記事を読んで昌輝を慮(おもんぱか)ってくれる人間もいるだろうが、多くは無節操に臆測を、〝考察〟を垂れ流すに違いない。今までと同じかそれ以上に。

そして自分は新たな被害を受けるのだ。マニアが、ビリーバーが殺到するのも遠い将来のことではない。

気分は晴れやかとは言えないが、今までと違って心が掻(か)き乱されることもなく、「何故」とも思わなかった。むしろ受け入れ、受け流す覚悟ができていた。

昌輝は確信していた。

自分はウソなど吐いていない。

この記憶は真実だ。誰に何と言われようと。

だが――。

「なあ」

昌輝は母親に声をかけた。答えが返ってくる前に、

「ここで何があったんか、ちょっとでも思い出さへん？」

と訊ねる。そこだけは謎のままで放置するには抵抗があった。何しろ旧友が死に、母親が死にかけたのだ。

「覚えてへんな」

母親は祠を向いたまま答えた。まるで予(あらかじ)め答えを用意していたかのような、完璧(かんぺき)な

タイミングだった。

「かなんなあ、認知症かも分からんわ」

わざとらしく悲嘆する。芝居では、と勘繰りそうになるのを堪える。

「思い出せるように神さんにお祈りしてみるわ」

ごにょごにょと小声で唱える母親から、昌輝は目を逸らした。木々をぼんやりと眺めながら、蝉の声に耳を傾けた。

ぱしゃん、と水の跳ねる音がした。

「あっ」

か細い悲鳴が続く。

池の方に目を向けた途端、昌輝は息を呑んだ。

母親がいなくなっていた。

祠の前に姿はなく、供えたばかりの花が、花立てごと倒れている。

いつの間にか空が驚くほど暗くなっていた。水面も暗い空を反射して黒ずんでいる。

どこだ。お袋はどこに消えた。

力の抜けた足を懸命に動かして、昌輝は祠の前に駆け寄った。

その途端。

待ち構えていたかのように、黒い池のあちこちが光り始めた。

まるで星空のように煌めいていた。

大きな光の塊が音もなく浮き上がり、水面から一メートルほどの高さで静止した。

これは。この形は。

見ているうちに塊は形を変えた。

光の筋になり、幅を広げ、最後は四角い星空のようになる。音は全く聞こえない。

風の音もしなければ蟬の声さえしなくなっている。

あの日の光だった。

昌輝の記憶にある、まさにそのとおりの光だった。

ということは――。

どん、と見えない力で突き飛ばされ、昌輝は仰向けに地面に転がった。息が詰まって呻いていると、強く両足を引っ張られた。

ずずずずっ

地面の上を引きずられ、咄嗟に首を引っ込める。

きらきらと光る水面が見えた。

ずずずずっ

さらに強く引っ張られる。

祠を摑もうとした手が空を切る。地面に指を突き立てると激しい痛みに襲われ、生温かい感触が広がる。

爪が剝がれたのだ。

右の人差し指、中指。左もおそらく同じ。

パニックに襲われた頭が考えている。

あれは何だ。あの光は何だ。

自分を池に引きずり込もうとしているのは何だ。

湯水の言葉、ゆかりの言葉が脳裏をよぎる。まさか。あり得ない。

単なる流行ではなかったのか。

ただの言い伝えではなかったのか。

自分が見たものは。

聡を殺したのは。

天平才九郎を池に沈めたのは。

つい今し方お袋を引きずり込んだのは。

本当にこの池の、巴杵の——。

ずずずずっ

一際強くひっぱられた。

そう思った時には、昌輝は水の中にいた。

耳に喉に鼻に、温く臭い水が流れ込む。息ができない。胸が爆発しそうだ。
目を開くと、濁った水の中で、無数の光が舞い踊っていた。

Aは親の後を継いで巴杵駅前で旅館を経営していたが、当地を訪れる心ないオカルトマニアや業界関係者に悩まされていた。Bの死後、『レムリア』『月刊ブルシット』に掲載されたロングインタビューで、Aは30年以上も風評被害に苦しめられていることと、その具体的な内容を告白している。だが２０１５年8月8日、巴杵池でA、Cの遺体が発見される。死因はいずれも溺死で、外傷らしいものはなかった。

第一発見者は奇しくも、Bの遺体を発見したのと同じ小学生男児だった。このことから一部のネットユーザーの間で、A、B、C３人の死について「男児犯人説」「男児サイコキラー説」が提唱され、一部のオカルト誌、オカルトサイトもそれに追従。男児とその家族はほどなく転居したが、近年もユーチューバーが住所を特定できる形でゲリラ取材映像を配信、炎上するなどトラブルが続いている。

さえづちの眼（まなこ）

前略

オオマエ家政婦紹介所　大前(おおまえ)所長様

本日より架守(かがみ)様のお宅にて、住み込みでお仕事いたします。ご指示ございましたとおり、大前所長さん宛(あて)に、こうして時折お手紙を差し上げます。

今朝は午前五時に起床しまして、時刻も差し迫っておりましたので大急ぎで身支度をして、紹介所を出ました。バスで国鉄新宿(しんじゅく)駅に向かい、中央(ちゅうおう)線に乗り途中で乗り換えること二回。いずれの路線も遅れることなく、予定どおりの時刻に佐江(さえ)駅に着きました。

佐江駅の周りは、田畑ばかりでした。所長さんが描いてくれた地図だけを頼りに、アゼ道を歩きました。重い荷物を持っているのですぐに汗だくになりましたが、曇り空で涼しかったことが幸いして、さほど苦もなく足を進めることができました。カバンもふしぎと手になじみました。そうです、紹介所の隅っこの、ずっと昔に辞めた方が置き忘れていったという、あのカバンです。ほこりをかぶっていましたが、拭(ふ)いたらきれいになりましたよ。

二、三十分ほど歩いた頃でしょうか。

後ろからチリンチリンとベルの音がしました。郵便屋さんが自転車に乗って、こちらに向かっていました。わたしはアゼ道のはじに寄りましたが、郵便屋さんはキキッとわたしのすぐ前でブレーキをかけて、止まりました。三十くらいの、人の好さそうな男の方でした。

「どちらへご用ですか」

「架守さんのお宅へ。家政婦ですの」

住み込みで働くので、今後ともよろしくお願いします。そうも申し上げました。すると、郵便屋さんは前カゴから封筒を何通か取り出して、こう言ったのです。

「それじゃあ、これ、届けてもらえませんか」

申し訳なさそうなお顔でした。わたしは二つ返事で受け取りました。厚かましい人だとは思わず、むしろ懐かしく感じました。子供の頃は信州の田舎住まいで、郵便屋さんはもちろん、お店の人も、学校の先生も、大人も、子供も、みんなこんな調子だったからです。

郵便屋さんは、「助かりました。いや、忙しい、忙しい」と、自転車をこいで、あっという間に遠くへ走っていきました。

また更に三十分ほど歩いた頃です。

いつの間にかボンヤリ歩いていたせいでしょう。地図どおりに進んでいるのか、自信がなくなってしまいました。そこで、たまたま近くを歩いていたご老人に道を訊ねることにしました。ご老人はタバコをくわえていました。

「架守さんのお宅はどちらですか」

地図を見せようとすると、ご老人は日に焼けたシワだらけの顔をしかめて、手で払いのけるような仕草をしました。そして、タバコをくわえたまま、遠くの山々のうちの一つを指差しました。

「ありがとうございます」

お礼を申し上げて行こうとすると、ご老人はわたしを呼び止めて、こう言いました。

「何しに行く」

「住み込みで家のお手伝いをしに行きます」

「アア、女中さんか」

「家政婦です。新宿の紹介所から派遣されました」

お手紙にはこのように書いておりますが、ご老人の声は、かさかさにかすれていて大変聞き取りにくく、おまけに少しお耳が遠いようで、実際は何度も聞き返したり、こちらの言うことを繰り返したりしなければなりませんでした。

ご老人はタバコのけむりをパアーッと吐き出しました。そのお口にはほとんど歯がありませんでした。

「そうかそうか、そういうことか」

「何のことでしょう」

「聞いてないのか。聞いてないよな」

　ご老人は怖い顔をして、

「前のは三月もたなかったよ。その前のは半年とちょっとだ。どっちもあんたとおんなじだった。街から来た家政婦」

「どうしてお辞めになったんですか」

「さあな。でもまあ他所からやとうんは、あんたで四人目ってことだよ」

　辺りの様子をうかがうように、ご老人は言いました。もちろん、見渡しても誰もいませんでしたし、気配もしません。それなのにです。わざとらしいと思いました。わたしは段々可笑しくなってきました。ですので、こう答えました。

「申し訳ありません。わたしが若ければお望みどおりふるえ上がったり、泣きべそをかいたりしたかもしれませんが、ごらんのとおり、もうすっかり老境にさしかかっておりますので。子供も手をはなれました」

　つまり、わたしをからかっているんですね、その手には乗りませんよ、とお返ししたのです。わたしは、ご老人が笑うものだと思っていました。「バレたか」と言うと思っていました。予想どおり、ご老人は笑顔になりました。ほとんどですが、それは想像したのとは違った、何とも気味の悪い笑い顔でした。歯のない口も、小さな目も、黒々として見えました。

「何で街からわざわざ呼ぶと思う」

「さあ。存じ上げません」

わたしは正直に答えました。所長さんも以前、どうしてだろう、珍しいね、と仰っていましたね。わたしも初めてです。これまでお勤めしたのは、山の手のお宅ばかりで、こんなに遠くのお宅なんてありませんでした。

ご老人はタバコを地面にポトリと落とすと、言いました。

「まあ、頑張りな」

そして歩いて行ってしまいました。

その曲がった背中に改めてお礼の言葉を掛けても、ご老人は立ち止まることも、振り向くこともしませんでした。

ご老人はどういうつもりで、最後の言葉を仰ったのか。素直にわたしを励ましてくださったのだろうか。それともやっぱり、他所者をからかっただけなのだろうか。歩いては考え、考えては歩き、そうしているうちに、わたしはようやく、架守邸に辿り着いたのです。

架守邸は川のほとりにある、和洋折衷の大きな二階建てのお宅でした。土蔵はだいぶん古くて、ところどころヒビが入っていましたが、それに比べるとお宅は新しく見えました。

当主の架守源之助様はお仕事でいらっしゃらず、わたしに応対したのは奥様の佳枝様でした。佳枝様はわたしが家の奥によびかけると、「はあい、はあい」と小走りでやって来るなり、

「まあまあ、そんな勝手口からじゃなくて、正面から入ってきてくれてよかったのに」

と、仰いました。小柄でフックラしていらして、可愛らしい方だなと思いました。

また、わたしが契約書に署名とハンコをお願いすると、嫌な顔ひとつせず「主人に頼んでおくわ」と受け取ってくださいました。山の手にお住まいの方でも、これをすると「形式ばっている」「偉そうだ」と嫌がる方は少なくありませんので、わたしは意外に思うとともに、何だか嬉しい気持ちになりました。

佳枝様が最初に案内してくださったのは、わたしの部屋でした。二階の、階段を上がってすぐの部屋でした。わたしには勿体ないほど広くて、立派で、きれいでした。思ったことをそのまま伝えると、佳枝様は「とんでもない、この家で一番狭い部屋よ」と仰いました。

「それに、前のお手伝いも、その前のお手伝いも、その前も、ここを使ってもらっていたの。人が入れ替わり立ち替わりした部屋よ。すまないけど、他は使えないの、ごめんね」

「とんでものうございます。全く気になりません」

わたしは答えました。ですが答えたとたん、気になり始めました。

やっぱり、この家のお手伝いは何回も替わっているのです。それも短い間にです。でないと、入れ替わり立ち替わりなんて言わないでしょう。

「どうかしたの」

佳枝様に声をかけられて、わたしはあわてて答えました。

「いいえ。そうだ。来る途中、郵便屋さんにこれを頼まれたんです」

わたしが封筒を差し出すと、佳枝様のお顔がサッとくもりました。はっきりと悲しい顔をなさいました。ですが、それはほんのわずかな間のことでした。

「まあ、ありがとう」

受け取る時の仕草はごくごく自然なものでした。わたしに向ける笑顔も、それまでと変わりませんでした。でも、わたしはもう安心できなくなっていました。それどころか妙なことを考えていました。

郵便屋さんは、本当に忙しかったのでしょうか。

思い返せば思い返すほど、あの方のふるまいは、とてもわざとらしく、お芝居のように感じられました。

「遠くまで歩いて疲れたでしょう。飲み物はいかが」

「いえ、お気持ちだけで結構です。ありがとうございます」

わたしは答えました。

荷物を置くと、お宅をひととおり案内され、さっそくお勤めをすることとなりました。ご家族一人一人とごあいさつもしました。お戻りになった源之助様から契約書に署名とハンコをいただきましたので、同封しますね。

すみません、もっと書くつもりだったのですが、何だかマブタが重くなってきました。また詳しいことは次の手紙でお知らせします。初日はおおむね上手(うま)くいったと思いますので、どうぞご安心ください。

それでは失礼いたします。

草々

※　※

前略

大前所長様

お元気でいらっしゃいますか。

わたしは元気です。早いもので架守家でお勤めを始めて、一月（ひとつき）近くが経ってしまいました。お屋敷が広いこともあって、掃除と洗濯とお食事のご用意だけでも、目の回るような忙しさですが、とても楽しく過ごせております。その代わり、その日の仕事を終えた頃にはクタクタで、部屋に引っ込むなり、お便りを書く間もなく寝入ってしまいます。本当に申し訳ありません。

では改めて、ご報告いたします。まずは架守家の皆様のことから。

今こちらにはご家族五人がお住まいになっています。

架守家の当主、源之助様。

現在六十三歳ですが、とても若々しくていらっしゃいます。頭はツルリとしていて、眉毛（まゆげ）と口ひげがフサフサと黒く、身体がガッシリしていることもあって、ダルマ様みたいな方だなといつも思います。お仕事でお忙しいのか、あまり家にはいらっしゃいませんが、いらっしゃる時はとてもよく笑い、大きな声でたくさんお話しになります。源之助様がお戻りになると、家の空気が明るくなるのです。わたしの父とはまるで違います。

父は貧しい大工でした。母やわたしを名前で呼んだことはないし、まともな会話をした記憶もございません。口より先に手が出る人でした。それが普通だと思っていましたが、東京に出て、紹介所に登録し、家政婦としていろいろな家でお勤めして、違うのだと分かりました。優しい父親、お喋りな父親も、いるところにはいるのです。源之助様のような方が父親だったら、わたしの人生も、母の人生も、全く違ったものになっていたかもしれません。

源之助様の奥様、佳枝様のことは、前のお手紙でご説明したとおりです。お年はお伺いしておりませんが、おそらく四十代後半か、五十代前半かと存じます。最初にお会いした時と変わらず、明るくてチョコマカとして、源之助様と同じくらいよく喋る、優しい方です。特に優しさの点は、今までお会いした奥様方の中で、一番ではないでしょうか。ご家庭を比べて値踏みするなんて、はしたないことをしてごめんなさい。でも、ついそうしたくなるくらい、佳枝様は素敵な方です。

ですが、ご夫婦の娘さんである冴子様は、もっともっと素敵です。御年十九歳。大変お美しく、初めてお会いした時は、思わず見とれてしまうほどでした。色白で、目がぱっちりとして、長い黒髪もつやつやとしています。お母様とは違ってお淑やかで、オットリしていて、笑う時も口を押さえ、食事も物音一つ立てず、いつもご本を読んでおられるか、先生を招いて、佳枝様と一緒にお茶やお花をなさっています。そうでない時は、わたしに話しかけてくださいます。家政婦の仕事のことや、都会の様子について、いろいろと質問なさるのです。そして、わたしなんかのつまらない話を、興味シンシンで聞いてくださいます。聞き上手とは冴子様のような方のことを言うのでしょう。こちらもついたくさん話し込んでしまって、仕事の手が止まってしまうこともあります。家政婦失格ですね。でも、冴子様とお話ししたり、お散歩に行ったりするのは、本当に楽しいです。

　家をお出になったお兄様か、お姉様がいらっしゃるものと思っていましたが、お子様は冴子様ただお一人とのことです。遅くに授かったからでしょう、源之助様も佳枝様も、冴子様が本当に愛おしいご様子です。

「冴子、今日はどうだった。何をした」

　源之助様は夕食の最中、いつも質問なさいますが、娘のことが知りたくて知りたくてたまらないのが、手に取るように分かります。冴子様がその日のことをお伝えすると、「そうか、そうか」と嬉しそうに仰います。

　佳枝様は佳枝様で、冴子様がお散歩中、一寸転んだだけで大騒ぎされて、お医者様をお呼びになったほどでした。せわしない母親にとって、おっとりした娘はなおさら心配なのでしょう。

　次に、源之助様の二十歳下の弟さんにあたる、宗助様について。

聞くところによると、源之助様と宗助様の間に、四人のごきょうだいがいらっしゃったそうですが、どなたも戦争やご病気で亡くなり、二人きりになってしまったそうです。

独身で、目鼻だちもはっきりしない、ホッソリした方です。源之助様とは少しも似ていらっしゃいません。三ツ角大学というところで教授をなさっているそうですが、声がとても小さくて、あんな調子で学生を指導できるのか、こちらが心配になってしまいます。わたしに声をかけてくださることはなく、どんな方なのか、未だに分からない所が多いです。学者の方とお会いしたのは初めてですが、皆さんああいう風なのでしょうか。

ですが、どうやら宗助様は、ご自身の立場について悩んでいらっしゃるようです。ご家族とお話し中「僕は居候だから」「穀潰しだから」というようなことを、しばしば仰るのです。もちろん、源之助様も佳枝様も、宗助様を邪マ者扱いすることはありません。でも、結婚もしておらず、子供もいらっしゃらないことで、宗助様は卑屈な気持ちになっているようなのです。

宗助様がそのような事を度々仰るので、居心地の悪い空気になることがありますが、源之助様は怒ったりはなさいません。他の方もそうです。すっかり慣れっこになっているようで、優しく聞き流していらっしゃいます。わたしも今は慣れましたが、最初はずいぶんとヒヤヒヤしたものです。

そして、源之助様と宗助様のお母様にあたる、鈴子様。

八十いくつだそうです。足腰が弱っていて、移動はわたしの介助が必要ですが、「いつもありがとうね」「助かるわ」と、ご自身も大変なのに、わたしに労いの言葉を掛けてくださいます。佳枝様によると昔は大変厳しいお姑さんだったそうですが、年とともに柔らかくなったと言います。いつもニコニコしているお婆ちゃんなので、想像がつきません。

これが架守家の皆様です。宗助様は多少難しい方ですが、あくまで多少です。わたしに当たったりといったことは一切ございませんし、それ以前に、難しい学問をお修めになった、立派な方です。ご家族間で大きないさかいもございません。公平に申し上げて、いいご家族だと思います。これで文句を言ったらバチが当たるでしょう。

次に、ご家族と同じくらい立派な、このお屋敷について書きたいと思います。

前の手紙でたしか「和洋折衷」と書きましたが、架守邸は南側が木造、北側がコンクリート造りとなっています。南側には縁側と庭があり、川向こうから見るといかにも日本のお屋敷なのですが、川を渡り、両開きの扉を開けて玄関を入ると、中はまるで違っているのです。

土間はタイル張りになっていて、上がると板張りの広間になっています。ホールと言った方がいいでしょうか。吹き抜けがあり、絨毯が敷いてあって、ラセン階段で二階と繋がっています。ホール右手には事務室があり、源之助様がご自宅でお仕事をされる時は、ここを使われます。左手にあるのはお手洗いと脱衣所、浴室です。これはタイル張りで完全に洋風になっています。

ホールを通り抜けると真っ直ぐ西に続く廊下があり、その南側に畳敷きの十畳間が二つ、東西に並んでいます。順に客間、食堂です。二つの部屋は襖で、縁側とは障子で仕切られています。床の間もあるのですが、照明はどちらもシャンデリアで、客間に至っては絨毯が敷かれて椅子とテーブルが設えてあります。この二部屋を取り囲むように縁側が設けられ、縁側の突き当たりは物置となっています。

廊下それ自体は洋風で、弧を描いた白い天井に、こちらもシャンデリアが飾ってあります。客間や食堂のものよりずっと立派なものです。

廊下の北側には洋室が一つと、厨房があります。この洋室が、鈴子様の寝室です。厨房はとても広く、食品庫も人が数人入れそうなほどですが、あまり広いと使いにくいものですね。なかなか慣れることができません。

廊下の突き当たり右手にはドアがあり、それを抜けると小さな部屋に出ます。奥には大きな両開きの扉があり、これが土蔵の出入り口です。土蔵は三階建てで、お宅と比べると古いですが、電気が通っていて、各階に一つずつ、裸電球の灯りがあります。土蔵の中には古い家具や、先々代が趣味で集めた美術品、今は行わなくなった、この辺りのお祭りの道具などが仕舞ってあるそうです。

庭はとても広くて、お屋敷がもう一軒建てられそうなほどです。庭の端、川沿いに数寄屋があります。

二階も一階と同じく、廊下が東西を貫いていて、突き当たりに大きな窓があります。廊下の南側には、源之助様と佳枝様お二人の寝室、その隣には冴子様の寝室があります。北側は三つのお部屋があり、東側から家政婦の寝室、宗助様の寝室、そしてお手洗いを挟んで、一番西側が仏間です。一階と違って二階は、どの部屋も畳敷きの和室で、調度も和のものばかりです。

これらを毎日掃除するのは大変ですが、家のどこを取っても美術品のようで、気付けばうっとり眺めていることがあります。こんなお宅に住んで、おまけにお給料をもらえるなんて、と思うこともあります。自分は恵まれていると感じます。

ですが、所長さん。

ここまで書いて、気になることを一つ、思い出しました。この家のことではございません。この家に出入りする方のことです。

この家では、近所の農家の方々から食材を買っています。野菜、お米、肉に魚に卵。週に一度、あちらから届けて下さるのです。応対し、食材を受け取るのはもちろんわたしの仕事です。

昨日のことです。

夕方にご近所の方が、いつものように勝手口にいらっしゃいました。呼び声がしたので、ちょうどホールにいたわたしは「はあい」と応えて廊下を渡り、厨房に向かいました。その時です。

「この馬鹿野郎！」

怒鳴り声がしました。厨房の方からでした。

慌てて廊下を走っていると、

「付いてくんなって言ったろ、食われるぞ！」

同じ声がしたのです。

続いて鈍い音が、ごんごんと続きました。

わたしは迷いましたが、厨房の扉を開けました。勝手口に日に焼けた青年が一人、十歳くらいの男の子が二人いました。

男の子はどちらも頭を押さえて、青年の後ろにサッと隠れました。青年はわたしが入ってきたことに驚いた様子でしたが、すぐ帽子を取って、「どうも。お届けに上がりました」とお辞儀をしました。足元の籠には野菜が一杯入っていました。

「ありがとうございます。その子たち、どうかされましたか」

「いえ、土足で上がろうとしたもんだから。すみません」

「とんでもない」

それで会話は終わり、青年は男の子たちを連れてサッサと帰っていきました。

しかし、青年が勝手口の戸を閉めた時、変だと気付いたのです。

「食われる」とは何なのでしょう。

男の子たちを殴ったのは、本当に土足で上がったからでしょうか。

わたしは戸を開けました。

青年たちの姿はもう見えませんでしたが、足音だけはかすかに聞こえました。

走っていました。

足音がものすごい速さで、家から遠ざかっていました。彼らが何か粗相をしでかして逃げたのかと思って、勝手口とその周りを調べましたが、おかしなところはどこにもありませんでした。どうしたのだろうと思いましたが、それっきり、今の今まですっかり忘れていました。

前に手紙で書いたこと、覚えていらっしゃいますか。わたしは覚えています。ここに来る途中で会った、郵便屋さんとご老人のことです。あの時のことと、今日の夕方のこと、何か関わりがあるのでしょうか。それとも全部、わたしが気にしすぎているだけでしょうか。

取り留めのないことを書いてしまい、すみません。まだ今の暮らしに慣れていないだけだと思います。所長さんはどうぞご心配なさらないようお願い申し上げます。

またお便りします。

草々

※　※

前略

大前所長様

お元気でしょうか。

変わったことがありましたので、気になってお便りすることにしました。

夜中の二時過ぎでした。自分の部屋で眠っていたわたしは、目を覚ましました。

悲鳴が聞こえたからです。

何度も何度も、繰り返し叫んでいました。次第に泣き声に変わりました。しわがれた、弱々しい、すすり泣きでした。

声は一階から聞こえました。

一階でお休みになっているのは、一人しかいません。鈴子様です。

わたしはすぐさま仕事着に着替えて、部屋を飛び出しました。階段を下り、ホールを抜けて、廊下に出てすぐ、洋室のドアに顔を寄せました。思ったとおり、声はドアの向こうから聞こえました。

何度もノックして呼びかけたうえで、わたしはドアを開けました。中に飛び込んで、電気のスイッチを入れました。

洋室の真ん中に布団が敷いてありました。掛け布団はクシャクシャで、枕は遠くに転がっていました。

鈴子様はドア側の壁に背中をくっつけて、床に座り込んでいました。ちょうどドアの陰になって最初は見えなかったので、お姿が目に入った時には悲鳴を上げそうになりました。

「どうなさいましたか、鈴子様」

わたしが駆け寄って訊ねたところ、鈴子様は泣きながら、窓を指差しました。ドアと反対側の壁にある、出窓でした。カーテンは開いていました。

　窓ガラスの向こうに見えるのは、ただの暗闇でした。

「怪しい人影でもいたんですか。泥棒ですか、それともノゾキマですか」

　この他にもいろいろと訊ねましたが、よく覚えておりません。いずれにしろ、鈴子様は何も答えてくださいませんでした。口を大きく開けて、力なく泣き叫びながら、わたしの手を振りほどこうとしました。

「どうしたのだ」

　源之助様がいらっしゃいました。その後を宗助様が、その後を佳枝様と冴子様が、抱き合うようにして続きます。わたしが説明すると、源之助様はすぐさま仰いました。

「ありがとう、もういいから、君は下がってくれ。後は私たちが何とかする」

「そうよ。大丈夫だから」

　佳枝様が青い顔でうなずきました。

　結局、わたしは二人に追い出されるような恰好で、部屋を後にしました。自分の部屋に戻っても、なかなか眠れませんでした。真下の鈴子様の寝室で、ご家族が話し合っているのが、声はしませんでしたが気配で感じられました。

　朝になって、いつもの時間に鈴子様のお部屋をノックすると、中から冴子様の声でお返事がありました。一人では眠れないという鈴子様のために、ずっと側にいらしたそうです。二度ほどお手洗いにもお連れしたとか。

「お世話でしたら、わたしがしましたのに」

「いいの。お祖母(ばあ)ちゃん、大好きだもの」

冴子様は微笑しましたが、その表情はどこかぎこちなく感じられました。鈴子様はまだお布団でお休みになっていましたが、寝顔は苦しそうでした。

窓のカーテンは閉じられていました。

お昼に鍵屋(かぎや)を名乗る男性が二人、いらっしゃいました。事前に何も聞いていなかったので戸惑っていると、佳枝様が「わたしが呼んだの。どうぞ」と彼らを招き入れました。

鍵屋は土蔵に入って二時間ほど何やら作業をし、佳枝様とお話しして、帰っていきました。

「どうなさったのですか」

「ちょっと調べてもらったの。明日(あした)も来るわ」

佳枝様は、それ以上のことは教えてくださいませんでした。

鈴子様がうなされていたことと、関係がある気がしました。理由は分かりません。

でも、どちらもわたしに何か隠しているのは間違いありません。

所長さん、ごめんなさい。

ここまで書いて気付きました。なあんだと呆れて、笑ってしまいました。

変なことなんて起こっていませんでした。ただわたしは、架守家の皆様から除け者にされた気がして、すねていただけだったのです。

家政婦はあくまで家政婦、お勤め先の家族の一員ではありません。ずっと前から分かっていたことですし、踏み込んだり、嗅ぎ回ったりはしてきませんでした。それなのに。

きっと架守家の皆様との暮らしに、今までにない楽しさを感じていたのでしょう。

変な手紙を送ってしまってすみません。どうぞ紹介所の皆さんにもお見せして、「馬鹿だな」と笑ってやってください。

草々

※　※

前略

大前所長様

ご相談があります。妙な事になってしまいました。

架守家の皆様に、酷(ひど)い仕打ちを受けたとは思いません。でも、肝心なことを教えていただけないまま、今に至ります。

わたしと鈴子様は、先週から土蔵で寝ています。源之助様のご指示でした。

「少しの間だけだから」

と、源之助様は仰いました。

「お義母(かあ)様のご希望よ。でも、一人は心配なの」

佳枝様は仰いました。

でも、お二人とも理由は教えてくださいませんでした。鈴子様も「ここがいい」「ここでしか寝られない」と仰るばかりです。

鈴子様は、三階建ての土蔵の、一階の隅でお休みになります。スノコを並べ、その上にお布団を敷いて。出入り口は、内側から閂(かんぬき)をかけられるように作り替えられていました。鍵屋が来たのはこのためでした。

夕食後、お風呂(ふろ)を済ませると、鈴子様は土蔵に向かわれます。この時はわたしが介助します。土蔵に入ると、鈴子様はわたしを外に出して、扉を閉めますが、まだ閂はかけません。

家事など全て終えると、わたしは土蔵に行って、そっと中に入ります。たいていは寝ていらっしゃる鈴子様を起こさないようにして、わたしは閂をかけて、梯子で二階に上がり、そこに敷いた布団で眠ります。そして翌朝、鈴子様を起こさないよう土蔵を出て、お勤めを始めます。

この手紙は、まさにその土蔵の二階で書いています。電球の光がなるべく一階に差さないよう、色々と小細工をして、物音を立てないように気を付けて、少しずつです。

所長さん、これは何なのでしょう。

土蔵の中は少し埃っぽいですが、辛いとは思いません。秋口なので凍えることもありません。出入りだって自由です。ですが不安で仕方ありません。目を閉じると、怖いことばかり考えてしまうのです。このまま土蔵に閉じ込められてしまったらどうしよう。寝ている間に凍えて、そのまま死んでしまったらどうしよう。

どうしてこんなことになったのでしょう。

所長さんがお書きになった契約書の文面を、はっきりとは覚えておりません。でも、こうしたことは雇主と家政婦が協議して、合意の上で執り行うように、というような項目が、書いてあったような記憶があります。であれば今回のことは、それが守られていないのではないでしょうか。

源之助様や佳枝様に直接申し上げることは、わたしには難しいので、こうしてお手紙でご相談した次第でございます。

どうぞよろしくお願いいします。

草々

※　※

前略
大前所長様

つい先程のことです。

本日の仕事を全て終え、すっかり疲れ果てたわたしは、鈴子様のお休みになっている土蔵に向かいました。

すると、土蔵の扉の前に、冴子様が立っていたのです。わたしに気付いた冴子様は「お祖母ちゃんが心配で、眠れないの」と仰いました。本当に悲しそうなお顔でした。

わたしは胸を痛めながら、思い切って訊ねました。

「どうして鈴子様は、土蔵でお休みになりたいのですか」

「両親から聞かなかったんですか」

「いいえ、何にも」

冴子様は驚いたご様子でしたが、廊下に誰もいないことを確かめて、仰いました。

「ごめんなさいね。これには訳があるの」

そして教えてくださいました。

始まりは七、八年前だったそうです。

それまで仏間でお休みになっていた鈴子様が、「寝室を替えてほしい」と嫌がるようになりました。眠れないというのです。

源之助様は、冴子様の部屋と交換してはどうか、とご提案なさったそうです。廊下を挟んで、仏間の向かいにある部屋です。

年を重ねたことで、ご先祖や夫の遺影とともに寝ることが怖くなったのだろう。源之助様はそうお考えになったのでした。冴子様も、鈴子様が安心されるのなら喜んでと、快諾なさいました。

ですが、鈴子様は首を縦には振りませんでした。

「仏間が嫌なんじゃない。二階が嫌なの」

理由を訊ねても、とにかく二階が嫌だの一点張りだったそうです。この頃はまだ足腰もシャンとしていて、階段の上り下りにも困難はなさそうだったにもかかわらず。

結局、鈴子様の寝室は、一階の食堂になりました。机や椅子を寄せれば余裕を持って布団を敷けたことが一つ。鈴子様が畳の部屋をご希望だったことが一つ。

ひとまずこれで落ち着いたそうですが、それも半年ほどの間だけでした。

鈴子様が「ここも嫌だ」と仰るようになったのです。眠れない、寝室を替えてくれ、と。

「どうしてだ。教えてくれ」

源之助様の質問に、鈴子様はなかなか答えようとはしませんでしたが、ご子息の気迫に押されたのか、やがてぽつり、ぽつりと、言葉少なに打ち明けられたそうです。

「這う音がするの」

夜になると、何かが廊下を這い回っている。そうとしか思えない音が聞こえる。ゆっくりと近付いて、やがて遠ざかり、また戻ってくる。

「ずるずる、ずるずるってね」

手を揺らし、顔を引き攣らせて、自分の聞いた音を真似てみせる鈴子様。その姿をご覧になった冴子様は、寒気がしたそうです。

そのような奇怪な音を聞いたことは、冴子様は一度もございませんでした。源之助様も、佳枝様も、宗助様もです。であれば、原因は自ずと限られてしまいます。

鈴子様が、同じ悪い夢をご覧になっただけか。

そうでなければ、鈴子様の頭が少し、おかしくなってしまったか。

とりあえず鈴子様の布団を、洋室に移しました。そして、かかりつけのお医者様が呼ばれました。そのお知り合いで脳専門のお医者様と、精神科のお医者様も呼ばれました。鈴子様にはあくまで健康診断のようなものだと偽って、頭と心を診ていただいたのです。

ですが鈴子様には、どこにもおかしなところはありませんでした。むしろ健康だと、お医者様は口を揃えたといいます。

次に源之助様がなさったのは、大掃除でした。

清掃会社の人たちと、近所の人たちを呼んで、家中を磨き上げました。そして屋根裏も、縁の下も、徹底的に調べさせたのです。

「何もなければそれでよし。ネズミの一匹でも見付かれば、そいつを下手人にしてしまおう。母上殿も安心なさるだろう。なんだ、こんなものか、と」

鈴子様のいらっしゃらないところで、源之助様は冴子様に、皮肉交じりにそう仰いました。

結局、そういった害獣の類は、何も見付かりませんでした。糞や足跡といった、かつて棲んでいた跡もなかったといいます。ですが、源之助様は鈴子様に、「ネズミが何匹もいたから、追い払った」とウソの報告をしたそうです。「きっとネズミの仕業だったのだろう」と。

大がかりなだけで、子供だましだ。冴子様はそう思いました。ところが、それ以来、鈴子様は元どおり、眠れるようになったそうです。

三日経ち、一週間経ち、一ヶ月経ちましたが、それでも鈴子様は毎晩、すやすやとお休みでした。朝、起こしに行くと、「おはよう」と元気に応えるまでになりました。

架守家の皆様は、ホッと胸を撫で下ろしました。やはり鈴子様の心の問題だったのだ、ネズミの所為だと言われて、それがストンと落ちて心配がなくなったのだ。皆様そうお考えになりました。

ところが、話はそれで終わりではなかったのです。

その頃三人いた女中と、二人いた料理人が、次々に辞めてしまったのです。病気になった、遠方の親戚が倒れた、気分が優れない。理由はまちまちでしたが、逃げるようにここを去ったといいます。何方もこの辺りの生まれでした。

新たに雇った者たちも、長くは続きませんでした。それどころか、架守家で働きたいという人間が、この界隈ではいなくなってしまいました。誰もがよそよそしく、外で会っても挨拶もそこそこに遠ざかるようになりました。

架守家の皆様は、首を傾げました。一難去ってまた一難とはこのことか、と冴子様は思ったそうです。

そんなある日のこと。

宗助様が夕食の時、不意に口を開かれました。

「どうしてこの家に皆が寄りつかなくなったのか、聞いて回りましたよ。僕が架守家の人間だと知らない人が何人かいて、あっさり教えてくれました。影の薄さが役に立つこともあるんだな」

そして、こう続けました。

「一階と、二階、それぞれの天井裏に積もった埃と、縁の下の土。すべてに跡が残っていたそうです。これくらいのものが這ったような、長い長い痕跡がね」

宗助様は、米俵を両手で抱えるような仕草をしました。

佳枝様がスプーンを落とされました。鈴子様の顔は青ざめていました。

「あくまで噂ですよ。仮に事実だったとしても、大掃除を終えた今となっては、確かめようがない。ですが、そういう話が、この町全体に広まっているんです。架守の屋敷には、恐ろしい化け物がいるってね。掃除を頼んだのも、きっと家でおかしなことが起こったせいだろうって」

「馬鹿馬鹿しい」

源之助様は吐き捨てるように仰いました。

「そう、つまらない噂ですよ。ですからお母様も、どうかお気になさらないよう。音の正体はネズミです。それはもう、この屋敷にはいない」

宗助様が優しく語りかけると、それまで不安そうにしていた鈴子様も、ようやく緊張を解かれたといいます。

その後も、この架守家には人が寄りつきませんでした。表向きの付き合いこそ続いていますが、それだけだそうです。都会の紹介所を通して雇った家政婦も、すぐに辞めてしまいました。初日にここに来る途中で会った、あの老人の言っていたとおりだったのです。ですが、鈴子様が寝床で再び妙な音を聞くことはなくなりました。それが架守家の救いでした。

「それなのに、また始まってしまった」

冴子様は、土蔵の前でお話を終えられました。

「つまり、鈴子様がまた、物音を聞いてしまわれたということですね」

わたしは言いました。

架守家の皆様の心痛を思うと、自分まで苦しくなりました。

すると、冴子様は首を横に振って、こうお答えになったのです。

「いいえ。今度はね、見たって言うの。窓の外から、大きくて真っ赤な目が覗いてたんだって」

所長さん。

わたしは、とても怖い思いをして筆を執っています。そして考えています。

這うような音と、這ったような跡と、大きな赤い目。

こうして言葉にすればするほど、また怖い思いが強くなります。でも、そうしないではいられません。

書かなければ、もっと怖いからです。

真っ暗な土蔵の中で、目を閉じて、眠りに落ちるのを待つ。その恐ろしさに比べれば、何でもありません。

いえ、本当は眠ってしまう方が恐ろしい。

この土蔵の中が安全だなんて、そんな保障はどこにもないのですから。

このまま朝まで書き続けたい。そう思っております。

結局、眠ってしまいました。乱れた文章で恥ずかしいですが、ご報告も兼ねてこのままお送りします。

草々

※　※

大前所長様

鈴子様の体調が思わしくありません。

夜中に激しい咳をなさったり、節々が痛いと仰って、布団から起き上がるのに難儀なさったりすることもあります。

お医者様に診てもらいましたが、原因は分からないとのことでした。何かあった時に手遅れにならないよう、土蔵で寝るのは止めてほしいと源之助様は仰いましたが、鈴子様が首を縦に振ることは、今のところございません。困ったものです。

草々

追伸

夜通し取り留めのないことを反故紙に書いて、気を紛らせております。それにかまけてお手紙がこんなに短くなってしまいました。申し訳ありません。

※　※

大前所長様

冴子様がお婿さんを取るそうです。源之助様の会社と、取引先から、候補を選んでいるとのこと。

短い間にお見合いを何度もしていらっしゃいます。うち二、三度は候補の方が架守邸までお越しになりました。どなたも素敵な方で、言葉や振る舞いの端々に、冴子様を大切になさるお気持ちが滲（にじ）み出ていました。

そして鈴子様がみるみる回復なさいました。朝もわたしより早くお目覚めになることがありますし、ご飯もたくさん召し上がります。

「曾孫（ひまご）の顔を見るまで死ねない」

と、事あるごとに、楽しそうに仰います。

そうです。冴子様の縁談を進めたのは、鈴子様のご体調を慮（おもんぱか）ってのことでした。ここまで元気になられるとは、誰も予想していませんでしたけれど。

源之助様も、佳枝様も幸せそうです。宗助様もここ最近は、晴れやかなお顔をしていらっしゃいます。わたしも日々のお勤めが楽しくなりました。土蔵で寝ることについても、今はさほど苦だと思いません。思ったより温かく、冬でも何とか過ごせそうです。

色々ご心配をおかけしてすみませんでした。

草々

※　※

大前所長様

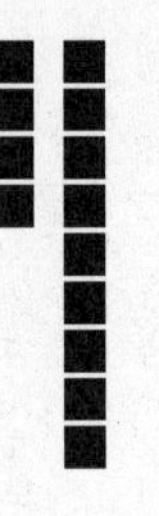

すみません所長さん、ごめんなさい。

こんな書き損じをお送りすること、どうかお許しください。便箋(びんせん)が残り数枚しかないのですが、どうしてもお伝えしたいのです。

■■一時間ほど■前のことでしょうか。ふと目が覚めてしまいました。お手洗いに行こうと思って梯子(はしご)を下り、鈴子様がお目覚めにならないように歩き、閂(かんぬき)を外したとところで、扉の向こうから音がしたのです。

這(は)う音でした。ずるずる、ずるずると聞こえました。でもその時はほんの一瞬のことで、わたしはすぐ空耳だと思って扉を開け、土蔵から出ました。

覚えていらっしゃら■■ないでしょうが、土蔵と廊下は小さな部屋で繋(つな)がっています。その廊下の方から音がしたのです。ずるずる、どしゃ、ずううう、といったような音でした。そしてわたしからどんどん遠ざかっていきました。空耳ではなかった。本当に音がしていた。這う音が。分かったとたんにゾッとしました。でも必死で足を踏ん張りました。後ろ■で寝ている鈴子様のことを思い出したからです。ここでわたしが取り乱したら、鈴子様も怯(おび)えてしまう。そう思ったからです。すると心が不思議と落ち着きました。いえ、怖いとは思いながらも勇気がわいたのです。わたしは廊下に向かいました。壁のスイッチを押すとシャンデリアの光が廊下を照らしました。廊下の突き当たり、ホールの暗闇で何かが動きました。シャンデリアの光を受けて一瞬ギラッと光りました。光ったのです。でもすぐまた闇に消えました。所長さん、わたしは自分がその時に見たものが信じられません。見たもの、見たとわたしが思ったものを書きます。そ■■■■れは長くてとても長くて、先が細くなっていました。ホールの床を進み、大きくしなって暗がりに隠れました。わたしは本当にビックリして、頭が真っ白になって、廊下に立ちすくんでいました。すると音がまた聞こえました。

いいえ、本当はずっと聞こえていたのかもしれません。音は遠くで小さく鳴っていましたが、少しずつ大きくなりました。でも姿は見えません。誰もいない廊下とただ真っ暗なホールがあるだけです。そこで■わたしは気付きました。音がどこから聞こえているのか、はっきり分かったのです。天井の上でした。二階からでした。ホールに出たその長いものは、ラセン階段を上り、二階の廊下を東から西へ進んでいたのです。ずるずると音を立ててそれはわたしの頭の上を通り過ぎました。わたしはそこで自分がふらふらと天井を見上げながら歩いていて、廊下の中程にいることに気付きました。わたしは震えていました。口を押さえて、シャンデリアを見上げていました。シャンデリアはかすかに揺れていました。わたしにはそう見えました。■■■■■泣きそうでした。腰が抜けそうで、立っているのもやっとでした。でもその時考えていたのは自分のことではなく、二階でお休みになっている、架守家の四人のことでした。わたしは厨房に走って包丁を手にしました。それしか身を守るものを思い付きませんでした。廊下に取って返してホールに向かい、電気を点けました。ラセン階段はいつもどおりのラセン階段でした。あの音は聞こえなくなっていました。聞こえているのはわたしの心臓の音と息の音でした。

手摺りで身体を支えながら階段を上りました。手が汗でびっしょりで何度も包丁を落としそうになりました。上らないと上らないと、そう思っているのに足が動いてくれませんでした。二階の廊下からその長い何かがヌッと出てくるのではないかと、そう思うだけで息が止まりそうでした。や■っと二階の廊下に着いたので、思い切って電気を点けました。

廊下には何もいませんでした。

突き当たりの窓が開いて、カーテンが風に揺れていました。あそこから外に出たのだと思いました。這う音もいつの間にか聞こえなくなっていました。

ホッとした途端に力が抜けて、わたしはその場にヘナヘナと頽(くずお)れました。よかった、よかったあと声が出ていました。床に座り込んだまま泣いていました。すると襖(ふすま)が次々と開いて中から皆さんが出てきました。冴子様、源之助様、佳枝様、宗助様。皆様驚いていらっしゃいました。説明を求められましたが、わたしは「物音がした」としか答えられませんでした。窓が開いているのもわたしが閉め忘れたのかもしれないと言ってしまいました。正気を疑われるのが嫌だったからです。わたし自身も、自分の見聞きしたことを、常識の内側に置いておきたかったのだと思います。ですがごめんなさい、「気を付けるように」と源之助様に言われ、土蔵に戻って布団に入ると、やっぱりおかしいと思うようになりました。自分の見たもの聞いたものをありのまま伝えたいと思いました。そうしないと気が変になりそうでした。

所長さん。こんなこと聞いてくれるのは所長さんしか思い当たりませんでした、ごめんなさい。どうかクビにしないでください。わたしはまともです。まともでいるためにこれを書いています。どうかお許しください。

草々

※　※

前略

大前所長様

先頃は変な手紙を送ってしまい、大変申し訳ありませんでした。厚かましいお願いですが、なかったことにしてくださいませんか。どうかお願いします。

冴子様のお婿様が決まりそうです。名家のご子息で、とってもハンサムで聡明(そうめい)な方です。わたしの目には少し冷たい方に見えますが、きっと色眼鏡でしょう。皆様大層嬉しそうでいらっしゃいました。冴子様は少し戸惑っておられましたが、佳枝様は涙ぐんでいらっしゃいました。

架守家は幸せです。

鈴子様が土蔵で寝ていらっしゃることは奇妙ではありますが、ご本人がお望みであり、それで上手くいっているなら、赤の他人がとやかく言うことではないでしょう。さすがに冬の土蔵は寒いですが、湯たんぽがいくつも用意されているので、鈴子様もわたしも、布団で凍えるようなことはありません。わたしも変なものを見聞きすることはありません。本当です。最近は問題なく眠れております。これも本当です。

わたしは正気です。素敵な架守家でお勤めできて本当にありがたく、幸せだと思っております。また、架守家の明るい前途を、これからも見守りたいです。

草々

※　※

前略

大前所長様

結婚の日取りが決まってから、冴子様の様子がおかしくなりました。窓の外をぼんやり見つめていらしたり、誰にも告げずお外に出られたり。先日は「誰にも会いたくないの」と、一日中部屋に籠もっていらっしゃいました。お顔の色は優れず、お食事の量も日に日に減り、目に見えておやせになっています。

正直申しまして、日頃オットリされている冴子様が、こうなってしまわれるとは想像しておりませんでした。

大きな節目を迎えた方が塞ぎ込んでしまったり、悲しくなったりするのは、よくあることです。わたしも最初はそう思って励ましたりしておりましたが、一向に効き目はありませんでした。

源之助様は、わたし以上に心配なさっていて、何度もお医者様をお呼びでした。でも、お医者様の見立てでは、どこにもおかしなところはないといいます。それならばと、源之助様は心身を整える漢方薬だとか、そういったものをアチコチから買い求めて、冴子様に飲ませています。でも、わたしが見た限りでは、回復なさってはいないようです。その兆しもありません。

鈴子様も心配そうです。

もちろんわたしも心配です。

草々

※　※

前略

大前所長様

順を追って説明させてください。

まず十日前、わたしがこの目で見て、この耳で聞いたもののことです。前にお送りした酷い手紙については、どうか一旦脇に置いてお読みください。

夕食時のことでした。

その日も冴子様が部屋からずっとお出にならず、わたしはお食事をお盆に載せて、冴子様のお部屋の前に置きました。そうする習慣がいつの間にかできておりました。

「冴子様、夕食、こちらに置いておきますね」

襖越しに声をおかけしました。

いつもなら弱々しいながらもお返事をいただけるのですが、その日はいくらお待ちしても、何度お呼びしても、何も返ってきませんでした。

嫌な予感がしました。

「冴子様、失礼します」

わたしは思い切って襖を引きました。

中は真っ暗でした。電気を点けようと踏み込んだ時、奥で物音がしました。

ずるずる、ずるずる、という音でした。

あの夜のことを思い出して、その場から動けなくなりました。決してそうするつもりはなかったのですが、音のした方に目を向けていました。

血みたいに赤く光る、まん丸な何かが二つ、暗い中に浮かび上がっていました。

手のひら、いえ、それよりもっと大きかったかもしれません。それは横に並んでいました。

だから、これは目だ。鈴子様が見たものはこれだ。

そう思ったのと同時に、それはずずずと音を立てて、天井近くへと上りました。太く長いものが部屋いっぱいに絡まっているのが、ぼんやり見えました。

わたしは悲鳴を上げて、部屋を飛び出しました。走ろうとしてよろけ、襖に思い切り肩をぶつけてしまいました。気付いたのは後になってからですが、その時、お盆を蹴飛ばしてしまい、辺りにお食事を撒き散らしてしまいました。

その直後のことはハッキリ覚えていません。気付けばわたしはホールで腰を抜かして、血相を変えて駆け寄ってきた源之助様に、「冴子様が、冴子様が」と繰り返していました。そして自分の言葉で気付きました。

冴子様は、あの赤い目のやつに襲われたのだ。

あの絡まった胴体の下にいらっしゃったのか。部屋の隅にでも倒れていらしたのか。ひょっとするともう、食べられてしまったのか。

頭に浮かんだことをそのまま喚いて、わたしは源之助様に縋り付きました。いつの間にか佳枝様も側にいらして、紙のように白い顔でわたしを見下ろしていました。

「分かった、分かったから、食堂に戻りなさい」

源之助様はそう仰ると、階段を上ろうとなさいました。

「お一人では危のうございます。それに何も持たないで行かれるなんて」

「分かった。とりあえず戻ってくれ」

源之助様は早口で、追い払うような仕草で仰いました。

「ここはわたしが行きます。行かせてください」

そう仰ったのは、佳枝様でした。「しかし、お前」と怖い顔で仰る源之助様に、「あなたに何かあったら大変です。ここは妻のわたしに、どうか」と、思い詰めた表情で続けます。源之助様は小さく唸りながら考えていらっしゃいましたが、やがてこう仰いました。

「分かった。何かあったら、すぐ呼びなさい」

佳枝様は小さく「ありがとうございます」と仰って、すぐさま階段を上っていかれました。

わたしと源之助様は食堂に向かいました。食堂には宗助様と鈴子様がいらっしゃいましたが、どちらも食事には少しも箸を付けず、緊張の面持ちでわたしたちを見つめていました。

誰もお話しになる方はいらっしゃらず、わたしも何も申し上げられず、皆黙っていると、二階から佳枝様の声がしました。「あなた、あなた」と大きな声でお呼びでした。

「冴子は無事です」

安心したのも束の間、「あなた一人で来てください。それと、乾いたタオルと、水を持ってきてくださいませんか」

佳枝様は妙なことを仰いました。

「わたしが用意します」

わたしはふらふらする足で厨房に向かい、タオルと水差しを用意して、廊下で待っていた源之助様にお渡ししました。源之助様は少しの間その場に立ち尽くしていらっしゃいましたが、やがて階段の方へ歩いて行かれました。

「何を見たの」

食堂に戻ると鈴子様に訊かれましたが、わたしは「分かりません。暗くてよく見えませんでした」と答えました。鈴子様はもちろん、宗助様も、わたしの言葉を信じてはいらっしゃらないようでした。

一時間と少し経った頃でした。宗助様は半分ほど、鈴子様は少しだけ夕食を召し上がり、わたしがお二人のお皿を厨房に持って行って、廊下へ引き返した、まさにその時です。

冴子様が佳枝様に支えられて、階段を下りてきました。その後ろを源之助様がお歩きでした。冴子様のお顔は真っ青で、まるで死人のようでした。源之助様は手摺りに摑まって、歩くのもやっとのご様子でした。

佳枝様は冴子様を連れて浴室へ行かれました。源之助様はこちらにいらっしゃいます。あまりにも足元が危なっかしくて、わたしは思わず源之助様に駆け寄りました。

「大丈夫ですか」

「ああ。だが疲れた」

源之助様が「疲れた」と口になさったのは、この時が初めてでした。

その後、源之助様はお酒をたくさん飲まれ、寝室にまで酒瓶を持っていかれました。

冴子様はお風呂から上がると、部屋に戻ってしまわれました。佳枝様がずっと付き添うことになり、わたしは佳枝様のお布団を、冴子様のお部屋に移しました。

わたしは勿論ですが、鈴子様も、宗助様も、何も教えていただけませんでした。酔った源之助様に「近いうちにな」と苦しげに言われ、それ以上は訊けなかったのです。

これが、十日前のことです。

次に、一昨日の話を書きます。

冴子様は相変わらずお身体が優れないご様子でした。「近いうちにな」と仰っていた源之助様でしたが、ずっと遅くまでお仕事で、ご帰宅されてもお酒を飲んで寝てしまう。その繰り返しでした。佳枝様も何か酷く思い詰めていらっしゃるご様子で、わたしの方からお訊きすることはできませんでした。

お昼過ぎに庭の掃除をしていた時のことです。

いつの間にか、冴子様が近くに立っていらっしゃいました。足音一つ聞こえなかったので、わたしは驚いて、竹箒を落としてしまいました。

「驚かせてごめんね」

冴子様はそう言うと、竹箒を拾って、わたしに差し出しました。また更におやつれになっていましたが、その危うさゆえ、今までより更にお美しく見えました。そう見えてしまった自分の身勝手さを、申し訳なく思いました。

「佳枝様はどちらですか」

「母さんなら寝てしまったわ。わたしの部屋にいる」

「左様ですか」

「父さんたちから、まだ何も聞いていないのね」

「冴子様のお身体のことでしたら、はい」

「そうよね。こんな話、真に受けるわけがない。でもウソだと切り捨てたり、わたしに怒ったりもできないの。二人とも、身に覚えがあるから」

　フフフと弱々しく笑いました。

　わたしは受け取った竹箒を抱くようにして、お訊ねしました。

「どういう意味ですか」

　冴子様は庭を歩きながら、細い声でお話しになりました。

「母さんはね、なかなか子供ができなかったから、とっても苦労したそうよ。架守家の跡継ぎを産めないからって、亡くなったお祖父ちゃんに、随分と責められていたんですって。怖かった頃のお祖母ちゃんにもね。離縁させられそうになったこともあったとか」

「左様でございますか」

「離縁される前に身籠もって、よかったと思ったら流産して、それが何回かあったの。だから母さんは本当に辛かったし、父さんもそんな母さんを見ていられなかった。でも何をやっても上手くいかなくて、最後の最後に、二人は願掛けに行ったの。そこの神様に」

　冴子様はお屋敷の向こうにそびえる、裏山を指差されました。決して高い山ではありませんが、きれいな三角形をしています。

「佐江槌山。そこの川の源流も、あの山にある。今は廃れちゃったけど、昔はこの辺りで虫送りをしていたの。最後は佐江槌山にある淵に行って、藁細工を沈める。そこで酒盛りをする。虫送りって、分かる？」

「はい」

豊作とか、無病息災だとかをお祈りする行事です。わたしの故郷にもありました。藁を編んで長い長い蛇を作って、若い男たちが抱え、松明とともに田んぼを練り歩く。蛇ではなく人の形にする地方もあると聞きますが、いずれにせよ、田畑を荒らす悪い虫や、目に見えない悪いものを追い払うための儀式です。

冴子様の仰るところによると、戦争の最中に虫送りは「それどころではない」と中止になり、今も再開されていないそうです。作るだけ作っておいた藁の蛇は、架守家の蔵にあるのだとか。

「父さんと母さんは、その淵に毎日のようにお参りしたの。雨の日も風の日も。どんなに忙しくても、どんなに体調が優れなくても」

お二人のお気持ちを思うと、胸が痛みました。冴子様を大事に大事になさるのも、納得がいきました。思わずこう言いました。

「それで神様が授けてくださったのが、冴子様なんですね」

「授けたんじゃない。なったの」

不意に、冴子様は妙なことを仰いました。

「申し訳ありません、何と仰いましたか」

「だから、二人の娘になったの。戦争が終わって、世の中が変わって、すっかり誰も来なくなった佐江槌山の淵に、毎日来てくれた二人の、願いを叶(かな)えてあげようと思ったのよ」

わたしは言葉を失いました。真剣なお顔の冴子様は、わたしの目をじっと見つめていました。

「熱でもあると思っているのね。それか神経がおかしくなったか」

くすくすと冴子様はお淑(しと)やかに笑いました。

「わたしは正気よ。体調が優れないのは、長い間淵を離れたから。こうなるとは思っていなかったけれど、この家には金気が多いからかもしれない」

「冴子様、冴子お嬢様」

なんとか呼びかけました。そうすることしかできなくなっていました。

「わたしは人じゃないの」

冴子様はきっぱりと仰(おっしゃ)いました。

「じゃあ何なのかって言われてもよく分からないわ。名前もない。強いて言うなら

〝さえづち〟かしら。もちろん、もともとは人の形もしていない。あなたも見て、聞いたでしょう。あれはわたしよ。わたしの本当の姿と、わたしの立てた音よ。人の姿でいることが、どんどん難しくなっているの。最初に気付いたのはお祖母ちゃんだった」

冴子様のお言葉に、ぞっとしました。

あの長い姿と、赤い目と、ずるずるという音を思い出していました。洋室で鈴子様が怯える姿も頭をよぎりました。わたしはやっとのことで答えました。

「見ました。聞きました。あれは見間違いなんかじゃないと思います。でも冴子様」

「父さんにも、母さんにも打ち明けた。でも、二人とも戸惑うばかりだったわ。今のあなたみたいに。当然よね」

また控えめに笑います。

わたしはまた、何も言えなくなってしまいました。冴子様は淋しそうなお顔でわたしを眺めていらっしゃいましたが、やがて縁側を上がって、お屋敷にお戻りになりました。いつの間にか黒雲が立ち込めていました。ゴロゴロという音がして、ポツポツ雨が降ってきました。

三番目に書くのは、昨日のことです。

わたしはずっと上の空でした。冴子様の仰ったことが、頭の中をグルグル回っていました。気が付いたら手が止まっていて、恥ずかしながら打ち明けますと、全く使い物にならなくなっていたのです。

日が暮れた頃、思い切って、源之助様と佳枝様に声をおかけし、冴子様から伺ったことをお伝えしました。そして最後に、こうお訊ねしました。

「これは本当のことなんでしょうか」

他の人に聞かれないようにと、お二人はわたしの部屋に来ました。そして答えてくださいました。

「淵にお参りに行っていたのは、本当よ。元気な赤ちゃんを授かりますようにって」

佳枝様は声を潜めて仰いました。

「そうしたら家内が冴子を授かった。これも本当のことだ」

源之助様はこの時もお酒を飲んでいましたが、少しも酔っていらっしゃいませんでした。

「母が妙な音を聞いたりしているのは事実のようだし、お前も、冴子の部屋で見たんだろう」

「はい」

赤々と光る目を思い出して、わたしは答えました。

「あのう、お二人は、ご覧にならなかったのですか」

「わたしが部屋に入ったら、冴子が汗だくで横になっていたの。それだけ」

佳枝様は、ここで少し妙な表情をされました。言うべきか、言わざるべきか、悩んでいらっしゃるご様子でした。

「構わんよ、教えてあげなさい」

源之助様に促されて、佳枝様は仰いました。

「夢をね、見たの。これは最近まで主人にも黙っていたのだけど、あの子を授かる前のことよ。わたしは真っ暗なところにいて、川が流れるような音を聞いていたわ。そうしたら小さな光がスーッと尾を引いて飛んできて、わたしのお腹にチョンと留まったの。そしてお腹の中に入っていったの。わたしはとても幸せな気持ちで、それを見ていた」

その時の気持ちを思い出したのか、佳枝様はどこかうっとりしたご様子でした。そして悲しそうでした。源之助様は苦しげな表情でそれを見ていましたが、やがてこう仰いました。

「決めかねているよ」

「と、仰いますと」

「夏にアポロが月に行ったばかりだ。そんな時代に、娘が神様の生まれ変わりだなんて話、馬鹿げていると思わんか。だが、そうなると考えられることは一つだ。あの子は、頭がおかしくなっている」

源之助様は大きな溜息を吐かれました。

「架守の一人娘がおかしくなった。こんなこと、人に言えるか。やっと授かって、大事に育ててきた娘だぞ。結婚はどうなる。架守家はどうなる」

そこで文字どおり、頭を抱えました。

佳枝様はヒザの上で、拳を固く握り締めていらっしゃいました。

「冴子がおかしくなったなんて、認めるわけにはいかん。だが神様だなどと信じるつもりもない。だから酒に逃げているんだ。愚かだろう。笑ってやってくれ」

源之助様は仰いましたが、もちろんわたしは笑いませんでした。

二人が部屋を出て行かれても、わたしは仕事に戻れずにいました。源之助様、佳枝様の悩み苦しみを思う以外のことは、何もできなくなっていました。

最後になりますが、本日未明のことです。

わたしは土蔵の二階で目を覚ましました。

ゴオゴオと雨風の音が聞こえ、「そうだ、これがうるさくてなかなか眠れずにいたのだ」と思い出しました。

大きな音がして、土蔵が揺れました。わたしは悲鳴を上げましたが、揺れが小さくなったのを見計らって、梯子（はしご）を下りました。真っ暗な中で鈴子様を呼びました。幸いにも鈴子様はご無事でしたが、寝ぼけ眼で「どうしたの、何が起こったの」と繰り返していらっしゃいました。

とりあえず閂（かんぬき）を外して、鈴子様を連れて土蔵から出ました。そして廊下に逃げたその時です。

あのずるずるという音が再び、頭の上から聞こえたのです。

鈴子様はわたしにひしとすがりついて、「これは、これは」と怯えた声で仰いました。わたしは照明のスイッチを押しましたが、電気は点（つ）きませんでした。ほとんど何も見えない真っ暗闇の中で、わたしたちは二階からの物音に耳を澄ませていました。何かが床を這（は）う音を、雨音の中から選（よ）り分けるように聞いていました。

ドスンと大きな音がホールからしました。廊下を突き抜けるようでした。わたしと鈴子様は思わずその場にしゃがみました。

しばらくして目を開けると、ホールの向こうがぼんやり明るく光っていました。

玄関扉が開いていたのです。

両開きの片方の扉は蝶番（ちょうつがい）が外れかけ、大きく傾いて開きっぱなしになっていました。もう片方は風で閉じたり開いたりを繰り返していました。

二階で物音がしましたが、今度は足音でした。声もします。

「冴子、冴子！」

源之助様のお声でした。佳枝様のお声もしました。

ラセン階段を最初に下りてこられたのは、宗助様でした。ひどく慌てているご様子でした。わたしは鈴子様を連れて、廊下を渡りました。ホールに出たところで、佳枝様と源之助様が二階から下りて来られました。冴子様だけがお見えになりませんでしたが、わたしは納得していました。認めたくありませんでしたが、認めていました。

誰が先導するでもなく外に出ました。わたしは傘を出しましたが、誰も受け取りませんでした。

門柱の片方が砕けていました。

その先の地面はぬかるんでいましたが、異様な跡が残っていました。米俵ほどの太さのくぼみが、川の方まで続いていたのです。長いものが這ったような跡でした。

川の水は茶色く濁り、渦を巻き、今にも溢れ出しそうでした。

「あっ」

佳枝様が倒れそうになって、源之助様に抱き留められました。佳枝様は濡れた顔を拭いながら仰いました。

「あの子がいた。真っ赤な目でこっちを向いて、川を上っていった」

そして川上の方を指差されて、おいおいと泣かれたのです。

わたしは目を凝らしましたが、何も見えませんでした。落ちたらひとたまりもないのに、川の水が溢れたら流されてしまうのに、わたしたちは川岸に佇んで、川上を見ていました。

これがこの十日の間に起こったことです。できるだけありのままを書きました。自分でも信じられませんが、冴子様がいなくなってしまったことは事実です。

所長さん。

わたしはこれを、どう受け止めればよいのでしょうか。また、残された架守家の皆様に、わたしがして差し上げるべきことは何でしょうか。家政婦としてのお勤めだけをすればいいとは、とても思えません。

厚かましいお願いですが、お返事をください。よろしくお願いします。

草々

一

夢を見ていた。

最初から夢だと分かっていた。

いつもの夢だと気付いていた。

夢の中で、わたしは霧深い草むらに突っ立っている。霧の向こうに微かに木々や岩肌、山肌が見え、ここが山の中だと気付く。

水音がした。

いつの間にか目の前に淵が広がり、その水面に冴子が立っている。

夢の中の冴子はあの時のままだ。

長い黒髪で、控えめな笑みを浮かべる。二十歳を迎える直前の姿。

冴子。

わたしの、たった一人の娘。

勉強が好きだった娘。小さい頃「お医者さんになりたい」と言っていた娘。

光は充分にあるが、色彩は乏しい。木々も、草も、冴子の肌も、唇も、服も、ほとんど灰色に見える。そうでないところは白か、黒だ。霧は白く、冴子の髪と眉は黒い。

例外は一つ、いや二つあった。

冴子の両目だけが、赤い。

瞳から赤い光を放っている。

熟した酸漿のような色。

赤より朱と呼びたい、などとぼんやり考える。

この心の動きも、いつもどおりだった。

　母さん

冴子がわたしを呼ぶ。

水面に波紋が、同心円を描いて拡がっている。

「冴子」

と、返したつもりが、その声は自分の耳にすら届かない。酷く焦ってしまう。

わたしは冴子に手を伸ばすが、届かない。思い切って淵に踏み込むが、すぐ足が動かなくなる。

淵の水は氷より冷たかった。

　母さん

冴子の姿を、霧が覆い隠そうとしている。

顔が隠れ、指先が隠れ、身体の輪郭もやがて見えなくなる。

赤い瞳だけが光っている。

ありがとう
冴子が言った気がした。
嬉しかった。
そう、わたしは嬉しかった。
でも悲しかった。
会いたい。もう一度冴子に会いたい。
「冴子」
もうすぐ覚醒するわたしを、はっきり意識しながら。
布団に横になっている自分を感じながら。
わたしは目を覚ました。

※　※

布団から出たわたしはゆっくりと慎重に起き上がった。あと数年で八十歳。すっかり老いさらばえた身体は、ちょっとした動作で壊滅的なダメージを負ってしまう。

時間をかけて立ち上がり、同じくらい時間をかけて背伸びをする。深呼吸をする。障子を開ける。窓も少し開けて、外の空気を入れる。

そのままわたしは窓の外を眺めた。

晴れ渡った春の空は、吸い込まれそうなほど青い。

ここから見える景色は、この家に嫁いだ頃から随分と変わってしまった。田畑はほとんど無くなり、代わりに住宅や老人ホーム、ホスピスが建っている。終の住み処を建てるなら、あるいは人生の幕引きを計るなら、都内だけど長閑な、この辺りがいい。それが世間様の評価らしい。

宗助さんの戦略だった。彼が世間にそう植え付けたのだった。長兄の源之助さんが亡くなり、教授を辞めて会社を継いだ宗助さんは、この辺りの土地を買い占め、そんな風にブランディングして売り出した。他にもいろんな商売を、それぞれに相応しい時間をかけて手がけた。

宗助さんの経営戦略、その殆どは成功し、株式会社カガミは躍進を遂げた。手広く商売を広げ、いくつもの企業を買収し、カガミは一大グループになった。

「えー、学究の徒を自負していた私にとって、ビジネスはその、最後まで手探りでした。未だに何も分かっていません。これまでの成功は謙遜でも何でもなく、周りの皆さんのお陰だと思っております。ええ、本当です」

去年のことだ。七十歳で会長を辞めることとなり、宗助さんは大勢の社員たちを前に言った。会館には拍手が轟き、いつまでも鳴り止まなかった。宗助さんは額の汗を拭いながら、「ありがとうございます」と繰り返した。トップとしての風格は辛うじて身に付いていた。だが、ぼんやりした風貌は教授をしていた頃と同じだった。

昨日のことのように思い出せた。

その数時間後、屋敷に帰るなり、彼が興奮気味に言い放ったことも。

「今日の私を兄貴に見せたかったよ。いや、見せ付けてやりたかった」

彼は笑っていた。

社の人間には見せない表情だった。

「この家で偉そうに振る舞っていた兄貴より、私の方が全てにおいて才能があったって、言ってやりたいよ。カガミを大きくしたのも私だ。架守家の跡継ぎを作ったのも私だ」

「跡継ぎ……そうね、わたしには出来なかったものね」

考える前に、わたしは皮肉を口にしていた。

この人も架守家の人間なのだと、改めて思った。

宗助さんはハッとして、慌ててわたしに詫びた。

「すみません義姉さん。そういう意味じゃないんです、義姉さんにはカガミのことで随分助けてもらった。でも僕は、僕は」

か細い声。一人称は「僕」。卑屈な態度で暮らしていた、教授だった頃の宗助さんに戻っていた。背中まで曲がっている。

わたしは微笑んで返した。

「気にしないで。わたしは怒ってなんかいないし、主人も……源之助さんも、草葉の陰で喜んでいるでしょう」

「そうかな。そうか」

宗助さんはホッとした様子で、額の汗を拭った。

源之助さんはあの後すぐ、癌で亡くなった。冴子がいた頃とは比べものにならないほど弱り果て、痩せ衰え、道端の雑草が枯れるように死んだ。姑の鈴子も後を追うように死んだ。宗助さんはそれらと入れ替わるように、経営者としての才能を発揮した。そして教授時代の教え子と結婚した。

椿という、顔立ちのはっきりした女性だった。宗助さんより二十歳も年若く、この家に来た二年後にはもう子供を産んだ。

男の子だった。

架守家の跡取り息子ができた、と宗助さんは跳び上がって喜んだ。椿は元々子供が好きだったようで、ただただ無邪気に感動し、我が子の誕生に涙を流していた。二人は愛情を込めて息子を育てた。

障子の向こうで呼ぶ声がした。「どうぞ」と答えると、春助（しゅんすけ）が入ってきた。

今まさに考えていた、宗助さんと椿の息子だ。今年で二十歳になる、わたしの甥（おい）。はっきりした顔は母親に似たのだろう。でも表情だったり、仕草だったりは、確実に宗助さんの血を引いている。

「おはよう、佳枝ちゃん」

「やめてよ」

わたしは笑ってしまう。春助が言葉を覚え始めた頃、宗助さんがふざけて、わたしをそう呼ぶよう教えたのだ。

「ごめん伯母（おば）さん。朝ご飯できたから」

「作ってくれたの？　食べたい」

「口に合うか分からないけど……」

そう言いながらも春助は嬉しそうに襖（ふすま）を開け放ち、わたしに手を差し出す。

公平に見て、春助はいい子だ。まともだ。中学の頃に少し荒れたけれど、今は真面目に大学に通っている。コックも使用人もいるのに身の回りのことは自分でし、自分の遊興費もアルバイトで稼いでいる。

わたしは歩いて行って、春助の手を取る。彼に支えられて廊下の西側の突き当たり、エレベーターで一階に降りる。

この屋敷も、冴子がいた頃とは変わった。

土蔵は取り壊された。床のほとんどがバリアフリーにリフォームされた。二階はわたしと亡き源之助さんの寝室以外、すべて洋室になった。家政婦も今は通いなので、かつて家政婦の寝室だった北東の部屋は、ただの物置になっている。

家族全員で食事をし、仕事で都心に向かう宗助さんを、椿とともに見送る。車に乗り込もうとした彼が、不意に遠い目をした。裏山を見ている。

「どうなさいましたか、旦那様」

椿が訊ねた。

「冴子ちゃんのお陰だ」

「え？」

「自分の能力だけではなかった。冴子ちゃんが、架守家の繁栄を助けてくれている。何せ、あの人は神様なんだから」

「どういう心境の変化？」

わたしは思わず訊ねた。

「『絶対に信じない』って、頑なに認めなかったのに。冴子がいなくなった時から、ずうっと」

「何ででしょうね。まあ、この年になると流石に気付くからじゃないですか。人間の力でどうにかできることなんて、そう多くないってね」

宗助さんは溜息を吐いた。

彼を乗せた車が見えなくなると、椿が口を開いた。

「初めて冴子さんのお話を聞いた時のこと、思い出しました。ここに嫁いだ頃だから、もう二十……二十二年前です」

「そんなになるのね」

椿の目元にも口元にも首にも、深々と皺が刻み込まれていた。濃い顔のせいで余計に目立った。すっかりババアになった自分を棚に上げて、歳月の残酷さを思った。

彼女は言った。

「最初は訳が分からなかったです。『神様だった』って、どういうこと？　って」

「そうでしょうねえ」

当時で言うところの失踪届は、形式的に出しておいた。

でも、冴子は裏山の神様だった。そしてあの豪雨の朝、山に帰った。

伝説ではない。民話の類でもない。一九六九年に起こった、実際の出来事だ——

そう言われて真に受ける人間などいないだろう。あの日あの時、あの場にいた宗助さんすら、永らく認めることはできなかったのだ。

「でも、ここで皆さんと暮らして、春助を育ててるうちに、思ったんです。何でこんなに幸せなんだろうって。自分は何もしてないのにって。そうしたら次第に、冴子さんが見てくださってるおかげかなって、思うようになったんです」

なるほど、とわたしは思った。

冴子のことを信じたわけではないのだ。何らかの理由で失踪し、おそらく死んでいるのだろうと常識的に受け取っている。ただ敬虔であろう、謙虚であろうとする意思が、「死者の魂が、残された者を見守っている」という、素朴な信仰心に結実しているだけだ。

「そうね。そういう気持ちは大事ね」

わたしは言った。

その後、椿と二人で裏山に出かけた。地元の人間がたまにハイキングをする程度で、人が立ち入ることは少ないと聞く。わたしも足を運ぶのは久々だった。冴子があんなってから何度か淵に花やお供え物を浮かべたりもしたが、一度転んで怪我をして以来、めっきり足が遠のいていた。

裏山は静かだった。

淵も静かだった。花を浮かべると、淵の真ん中あたりまでゆらゆらと漂って、そこで止まった。椿が神妙な顔で手を合わせた。

行きも帰りも、椿は蝶を眺めたり、遠くの鳥の囀りに耳を澄ませたり、気持ち好さそうに森林浴をしたりと、自然を満喫していた。ジャケットを山蛭が這い上っているのに気付いた時は流石に悲鳴を上げたが、わたしが木の枝で払い落としてあげると、ほどなくして落ち着いた。山蛭は何度か踏み付けているうちに見失ってしまった。

「佳枝さん、お元気ですね。わたし、今のですっかり疲れちゃいました」

「そうね。不思議ね」

　七十七歳で、運動なんて滅多にしないのに、さほど苦労せず山を登り下りしている。息も切れていない。

　柔らかで涼しい風が頬を撫でた。風は淵の方から吹き下ろしていた。

「それこそ、冴子のおかげかもね」

「かもしれませんね」

　わたしたちは笑い合って、山を下りた。帰宅するとさすがに疲れを感じて、いつもよりずっと早く床に就いた。

　そしていつもより、ずっと深い眠りに落ちた。

　夢も見なかった。気付いたらもう朝だった。

　宗助さんが倒れたのはその数日後だった。

移動中、車の中で意識を失ったのだ。

運転手の機転で最寄りの救急病院に直行し、そのまま入院したが、翌日には目を覚ました。意識は明瞭で、会話も問題なくできた。わたしたち架守家の人間も、会社の人間も、正確に記憶している様子だった。

医師の見立ては「よく分からない」だった。脳にも心臓にも、それ以外にも、異状らしい異状が全く見られず、むしろ年齢に比べて健康だという。だからもう数日入院して問題がなければ、退院してもいいとのことだった。

「まあ、僕はこう見えて丈夫だからね、見るからに強そうだった兄貴よりも」

宗助さんもベッドで、皮肉な笑みを浮かべて言っていた。

だが。

退院予定日の前夜、彼は大量に吐血した。下血もした。全身に激しい痛みを訴えては気絶し、目を覚ましてはまた激痛で気絶する、あるいは咳き込んで血を吐く。それを繰り返した。当然、退院は取り止めになった。

食事は取れず点滴だけ。日に日に痩せていった。

手足が次第に麻痺し、ほとんど動かせなくなった。苦痛が耐え難い時はベッドの上で身を捩り、のたうち回った。

何度目かの面会に行った時のことだ。

病室のドアを開けると、彼は床を這っていた。点滴の針は抜け、顔にも服にもベッドにも、床にも赤い血が飛び散っていた。

わたしは思わず悲鳴を上げ、後退(あとじさ)った。

宗助さんは血に汚れた顔でわたしを見上げ、「アカイ」と言った。

「アカイ、アカイ」

意味が分からなかった。

看護師に抱えられながら、宗助さんは繰り返した。

「アカイ、ム、アカイ……ンン、エ」

わたしは病室の壁に背中を押し付け、恐る恐る訊ねた。

「赤い？」

宗助さんはわたしを見て、痙攣(けいれん)するように小刻みに頷(うなず)いた。

そして、

「メ」

と言うなり、大きな呻(うめ)き声を上げた。ベッドの上で大きく身体を反らし、そのまま気絶した。

翌日、彼は亡くなった。

二

夢を見ていた。

最初から夢だと分かっていた。

冴子はいつもどおり、水面に立っている。淵はかすかに波打っている。かつては鏡のように凪いでいたのに。

冴子は無表情だった。

これもいつの間にか、変わってしまったことだった。

何の感情もない顔で、わたしを見ている。

目は真っ赤に光っている。

霧が彼女の周りで渦巻いている。時折、完全に身体を隠してしまうが、赤い光だけは白い霧を貫き、わたしの目に届く。

赤い目。

アカイメ。

病室の床を這う、血塗れの宗助さんを思い出す。

「冴子」

わたしは呼ぶが、冴子は答えない。
これも変化の一つだった。
「冴子」
また呼ぶが、やはり答えない。
周りの木々が、風に揺られて音を立てている。
霧の向こう、何かが淵に浮いている。冴子の足元をゆらゆら漂って、姿を現す。
宗助さんだった。
鼻の下あたりまで水面から顔を出している。
その目は白く濁っている。
死体だ。
彼は死んだのだ。
もう二十年も前のことなのに、昨日のことのように悲しい。
そして恐ろしい。今になって怖い。
アカイメ。
冴子。
宗助さんが死んだのは、つまり――
ざわざわと淵が波立った。

宗助さんは沈んで、見えなくなる。

水の中に何かがいるのが、見える。揺れている。蠢いている。

「冴子」

わたしは三度呼ぶ。

戸惑う。疑問が膨らむ。

どうして冴子が。

有り得ない。そんな訳がない。

何故なら、何故なら――

冴子の口が動いた。

耳を澄まそうとした瞬間、わたしは目覚めた。

※　※

わたしは介護用ベッドで仰向けになっていた。

かつて客間だった、一階の部屋。わたしの寝室になって三年ほど経つ。

ボタンを操作してベッドを起こし、手摺りも兼ねているフレームを摑んで、畳に足を下ろす。時間を掛けて立つ。そっと歩いて障子を開け放つ。雨が降っていたので、縁側に出るのは止めておいた。

　廊下に出る。

　わたしが使いやすい高さに設置された手摺りを伝って、厨房を狭くした代わりに新たに作ったトイレで用を足し、厨房でコーヒーを淹れて、食堂で飲む。

　わたしは今日もまだ、立てる。歩ける。九十七歳。こうして健康で、一人で食事もできる。椅子の背もたれに身体を預け、その有り難さをしみじみと実感する。そして明日は分からない、と不安になる。

　春助がやって来た。

　四十歳を過ぎているから当然と言えば当然だが、髪に白いものが交じっていた。

「おはようございます、伯母さん」

「佳枝ちゃん、じゃないの？」

　わたしは冗談を言ったが、春助はにこりともしなかった。目の下の隈は黒々として、頬も痩けている。

「すみません、真緒が夜中ずっと泣いていて、慰めていたものですから」

「マタニティブルーね」

「ええ」

「それも、とびっきりの」

「そうです」

わたしは記憶を手繰り寄せる。妊娠、流産、妊娠、流産。妊娠してまた流産。後に冴子と名付ける命がお腹の中で育つ間、わたしは不安で仕方なかった。今度こそ無事に産まなければならない。その重圧を毎分毎秒のように感じて、潰れそうだった。頭に浮かぶのは姑の鈴子の顔と、彼女の蔑むような目ばかり。そうでなければ源之助さんの顔と、そこに浮かぶ落胆と失望の表情だった。

「ご挨拶に行きましょうか」

わたしはマグカップを置いて、立ち上がった。春助は僅かに表情を弛めて、わたしの手を取った。

エレベーターで二階に上がり、春助とその妻、真緒の寝室に向かう。

ベッドに寝ていた真緒は、わたしに気付いて上体を起こそうとした。「いいの、楽にしてて」とわたしは言って、歩み寄る。

「どう？　調子は」

「怖いです」

彼女は青い顔で答えた。膨らんだお腹を抱えて、

「また駄目だったら、どうしよう、どうしようって」

真緒はこれまで三度、流産していた。わたしより一度少ない。

「心配しないで。きっと上手くいくわ」

わたしは微笑みかけた。真緒の手を取って、そっと握り締める。

「欲しいものがあれば遠慮なく言って。お金で何とかなることなら全部やっちゃいましょう」

「でも」

「そもそもの話、わたしなんかに余計な気遣いはしなくていいの。姑でもないし、この家の持ち主でもない。ここにいるあなたの旦那様、春助さんの単なる伯母よ」

「佳枝さん」

「そして春助さんの厚意で、このお屋敷に居候させてもらってるだけのヨボヨボのババア」

真緒はクスッと、涙目のまま笑った。春助が困った顔で言う。

「伯母さん、自虐はやめてください。伯母さんはとても元気だ」

「元気すぎて鬱陶しいって意味？　この年で？」

「そんなこと言ってませんって」

春助も笑う。

二人の笑顔を順に確かめ、わたしは真緒の丸い肩にそっと触れて、言った。

「おはよう、真緒さん」

「おはようございます。佳枝さん」

昼過ぎ。

雨音を聞きながら、わたしは仏壇の前でぼんやりしていた。

真緒はつい先程、春助に連れられて産婦人科病院に行った。春助は有給を取ったという。あの年でカガミの偉いさんらしいが、詳しくは知らない。本人に逐一報告を受けているのに、右から左へ抜けてしまうのだ。きっと年のせいだろう。若い頃は企業経営に関心があった。

分かっているのは、カガミグループが傾いていること。宗助さんが死んでから二十年の間に、業績は悪化する一方だという。

この家も今や、通いの家政婦を一人雇っているだけだ。コックも、運転手もいない。食事は真緒が作り、それが無理な時は出前か、春助に買ってきてもらう。あるいは彼の部下に。

春助はこの屋敷を売りたいようだが、都内とはいえこんな僻地(へきち)では、買い手がつかないらしい。それでも、わたしが死ねばさっさと安値で売り払って、都心にもっと近い、核家族で暮らしやすい物件に移るだろう。そうしないのは、彼がわたしに気を遣っているからだ。

「伯母さんは佐江槌山から、離れたくないですよね？」

今まで何度か訊かれたことがあった。その度にわたしは「そうね。冴子がいるもの」と答えた。

わたしは顔を上げた。欄間に並ぶ、架守家の人々の遺影を眺める。

鈴子がいた。源之助さんがいた。宗助さんもいた。

十八歳の時に撮った、冴子の写真もあった。

その隣に、椿の遺影も。

彼女が亡くなったのは、三年前のことだった。

事故だった。

当時さんざん報道された、建設中のビルの倒壊事故。すぐ前の道路で、信号待ちをしていたタクシーに乗っていたのが椿だった。

潰れたタクシーの中から引っ張り出された椿の遺体は、両手と右足が千切れて無くなっていた。鼻も、両耳も削ぎ落とされていたという。遺体の顔は白い包帯でぐるぐる巻きだった。直に遺体を確認した春助は、しばらくの間、ゼリー飲料しか取れなくなった。白髪もたしかあの頃からだろう。

この家には、架守家には暗雲が立ち込めていた。沈みかけている、と言ってもいいだろう。

光明が差すとすれば、それは真緒が子供を産んだ時だ。春助はそう考えている節がある。真緒はそれを察し、余計に重圧を感じている。苦しんでいる。子供が好きだ、春助の子を早く産みたいと前から言っていた。

ブゥウン、と低い音がした。

エレベーターの音だ。廊下の西側から聞こえてくる。

ややあって、襖の向こうで声がした。春助だった。

「どうぞ」

わたしは答えた。

春助が入ってきた。真緒がお腹を庇うようにして、その後に続く。わたしの前で並んで正座する。

「楽にしていいのよ、真緒さん――」

「折り入って、ご相談したいことがあります。いえ、お願いがあります」

真緒が遮るように言った。苦しそうに畳に両手を突く。

「なあに？」

「人を呼びたいんです。この家の悪いモノを、取り払ってくれる人を」

「それって、お掃除のこと？」

「いや、違います伯母さん」春助が答えた。とても真剣な表情だった。「お祓いというか祈禱というか、除霊というか……僕も正確に理解してるわけじゃないが、その、この家には目に見えない悪いモノがあって、それを追い払ってくれる人を頼みたい」

「新興宗教？」

「いや。何というか、本人は『霊能者でいい』って言っています」

「スピリチュアリストのこと？　あれはあれで一つの宗教みたいなものだと思うけど。一人一派というか……」

「お願いだ伯母さん」

春助は前のめりで言った。

「この家は祟られてる。呪われてる。そうとしか考えられなくなったんだ。その余波がカガミグループまで来てる。だから、専門家に何とかしてもらいたいんです」

「佳枝さんなら、ご理解いただけると思います。実のお子さんが、神様になったとお考えの方なら」

真緒の大きな目も真剣だった。唇は固く引き結ばれていた。憔悴しきっているのに、決意が漲っている。

「伯母さん」

春助が頭を下げた。真緒がそれに倣う。

わたしは並んだ二人の頭を見た。そして冴子の写真を見た。涼やかに微笑んでいる、愛する娘の写真を。

「いいわ。呼びましょう」

三

信用できる専門家に頼んだ、と春助は言っていた。

知名度が高いだけのタレント霊能者ではなく、ヤクザと仲のいい占い師でもない。そもそも世間では全く名を知られていないという。マスメディアには登場せず、インターネットにも載っていないらしい。

今は畳んだカガミグループの居酒屋チェーンのとある店舗で、かつて幽霊騒ぎが起こったことがあるという。お座敷席で男の声がする。聞くに堪えない罵倒を繰り返している。食器が勝手に動く。皿が突然割れる。ドン、と座卓を叩く音がする。

当の専門家はそれを小一時間で、ピタリと収めた。それから閉店するまで騒ぎは一切起こらず、売り上げも全店舗で常に上位だったという。

話を聞いて、わたしはその専門家に会う日が楽しみになった。この家に暗雲が立ち込めているのは事実だが、それを何とかできる人間など存在するのか。いるとすればどんな人間か。

想像を巡らすうちに、その日が来た。

真緒は妊娠九ヶ月を迎えて、お腹は更に大きくなっていた。仕事がトラブル続きらしく、春助の髪は半分以上が白く変わっていた。顔色も死人のように悪い。

午後二時ちょうど。寝室のベッドに座っていると、玄関が慌ただしくなった。何やら話し声がする。春助の声。かすかに聞こえる真緒の声。そしてもう一つの声。どうやら専門家は女性らしい。

足音が近付いてきた。春助が襖越しに声をかけ、わたしは「どうぞ」と返す。

春助と真緒に続いて入ってきたのは、とても小柄な、パンツスーツの女性だった。髪を一つ結びにし、両手に黒い革手袋を着けている。

「紹介するよ伯母さん。専門家の――」

「霊能者の比嘉(ひが)琴子(ことこ)です。はじめまして」

小さくお辞儀をする。年齢不詳の仏頂面。濃い眉(まゆ)が目立つ。

「そちらの架守春助氏よりご依頼いただきました。この家の呪いを解け、あるいは祟りを鎮めろ、そうでなければ化け物を退治しろ、とにかく何とかしてくれ、と」

彼女は淡々と言った。春助が目を白黒させている。

「架守佳枝です。よろしく」

わたしは微笑んだが、彼女は――霊能者の比嘉琴子は、まるで表情を変えなかった。

「先程お二人にはお話ししましたが、三日ほど、こちらに滞在させていただくことは可能でしょうか。調べることや取り寄せたいものが出てきましたので」

「二人がいいって言ったんでしょう? なら、わたしの許可は要りません。どうぞ必要なだけお泊まりください」

「ありがとうございます」

「それで比嘉さん、この家はどうなってるの? すぐ分かるものじゃないだろうけど」

「伯母さん」

春助が言ったが、わたしは構わず訊いた。

「ごめんなさいね。でも、焦っちゃうの。真緒さんは出産を控えてるし、わたしはお迎えが近い」

真緒が何か言おうとして、止める。

琴子はわたしを見、次いで天井を見上げた。ややあって、彼女は再びわたしに目を向けて、こう答えた。

「わたしの領分のようです。無駄足にならずに済んだ」

「比嘉さん、それって……」

薄気味悪そうに言う春助を見上げて、琴子は言った。

「今申し上げられるのはそのくらいです。庭に出ても構いませんか?」

「えっ？　ええ、大丈夫です。サンダルが置いてありますので、使ってください。失礼ですがその、何か見えたとか、感じたとか、霊感……」

「いいえ、ニコチンが切れたもので。庭は禁煙ですか？」

琴子は真顔で質問を重ねた。

比嘉琴子には、かつて家政婦の寝室だった二階の物置を使ってもらうことにした。彼女が希望したのだ。荷物は通いの家政婦、春助、そして彼女自身が二階踊り場の隅に移した。

琴子は時間を掛けて屋敷を歩き回り、それが済むと庭に出た。煙草を吸いながら、誰かと電話しているようだった。

電話を終えると彼女はどこかへ行ってしまった。佐江槌山を見に行ったという。冴子の件は春助が伝えていたらしい。

「只者（ただもの）じゃないな、と思いましたよ」

「どうして？」

「冴子さんの話をしても眉一つ動かさなかった。思わず言ってしまいましたよ、僕も半信半疑ですよって。まだ生まれてなくて、伝聞だから余計にって。そしたら」

縁側に立ち、庭を眺めながら、春助は言った。

「人の声を真似るモノも、人の姿になるモノも普通にいますからね——って、言ってました」

「そう」

わたしは微笑んだ。

琴子が戻って来たのは、わたしたちが夕食を終えた直後だった。食後のお茶に誘うと、彼女は「お言葉に甘えて」と無表情で答えた。

「比嘉さん、どうですか。何か分かりましたか」

最初に訊(たず)ねたのは真緒だった。縋(すが)るような目で琴子を見つめる。

琴子はこの場でも黒い革手袋をしていた。空になったティーカップをテーブルに置いて、彼女は端的に答えた。

「まだ何とも」

「そうですか……あの、これ、雑談だと思って聞いていただきたいんですけど」

真緒は思い詰めた表情で、躊躇(ためら)う。琴子は黙って待っている。春助が声をかけようとした、まさにその時。

「に、日本の神様は、善でも悪でもないって、聞いたことがあります。恵みを与えることもあれば、祟ることもあるって」

「ええ」

「祀（まつ）るとか、鎮めるとかは、要するに神様のご機嫌を取ることだとか」

「ええ」

「だったら……その、ある時まで架守家を見守ってくれていた神様が、ある時から祟るなんてことも、あるんじゃないですか」

「真緒」

春助が呼ぶ。一瞬わたしに目を向ける。

わたしは琴子の答えを待った。

琴子は少し考えて、口を開いた。

「まだ何とも、と申し上げました」

真緒の顔が引き攣（つ）った。呼吸が乱れる。

春助が立ち上がって、彼女の肩に手を置いた。

「落ち着いて。大丈夫だよ。きっと……何とかなる」

優しく語りかける。言葉とは裏腹に視線は鋭く、琴子を睨（にら）み付けていた。

涙目で深呼吸を繰り返す真緒に、琴子が言った。

「わたしも雑談をします。佐江槌山の神様は蛇でしょうね」

「蛇……？」春助が訊ねた。

「ミヅチやノヅチといった蛇の妖怪（ようかい）からの連想です。もっとも、末尾のチは霊（チ）——霊的な存在を指す言葉で、それぞれ本来は水の霊、野の霊という意味だったようですが。佐江槌山の形状も、とぐろを巻いた蛇のようだと言えなくもない。ここから見れば比較的、整っていますからね。それと」

ティーポットを摑み、紅茶を注ぐ。

「架守という姓もまた、蛇に由来するのかもしれません。蛇の古語はカガシですが、鏡――カガミという言葉はそこから派生したものだ、とする説があります。皆さんはつまり、あの山の蛇神を祀る家の末裔なのかも」

湯気の立つ紅茶を数口で飲み干す。

「洋の東西を問わず、人間は古来、蛇という生物を畏れ敬っていた。手足もないのに移動し、種類によっては命を奪う毒牙を持ち、何度も皮を脱いで成長する蛇を。蛇神は由緒ある神様というわけです。原始的な神、神話以前の神、文字以前の神……」

いつしか真緒も、春助も、彼女の話に聞き入っていた。わたしも聞いていた。冴子のこと、あの日のことを思い出していた。

「もちろん、その辺にいる蛇は単なる爬虫類です。ここからはわたしの領分の話になりますが、大昔から人間は、しばしば遭遇していたのでしょう。人間の知覚では蛇に似たものと見なせる、霊的な力を持った恐ろしい何かと。蛇神信仰の中にはそうしたケースも混じっている。佐江槌山の神様もそうでしょう。昼間に行ってみたら、ちゃんといらっしゃいましたから」

「えっ」

真緒が声を上げた。琴子は涼しい顔で、

「直接お会いしたわけではありません。感知しただけです。ゲゲゲの鬼太郎の妖怪アンテナをイメージしていただければ」

と、頭頂部辺りの髪に触れる。

冗談とも本気ともつかず、わたしを含め誰も反応できずにいた。

「何度か試してみたのですが、出てきてはくださいませんでした。だから意思疎通もできなかった。なので、佐江槌山の神様と、架守家で相次ぐ不運との関連についても、はっきりしたことは何も申し上げられません。お気持ちは分かります。お腹のお子さんが気がかりなのも承知しています。わたしもこれ以上の被害は出したくない。特に子供の被害は御免です」

きっぱりと言った。

それまでと全く変わらない、全くの無表情だった。

「ですが、もう少し時間をください。お願いします」

真緒はしばらく啞然（あぜん）としていたが、不意に我に返って、「あっ、はい」と答えた。

食堂に立ち込めていた不穏な空気が、消えていくのが分かる。春助がホッとした様子で、真緒の両肩を軽く叩いた。琴子に話しかける。

「僕からも改めて、よろしくお願いします」

「はい」

「妖怪アンテナって、本当にあるんですね」

「喩えですよ。実際に髪が逆立ったりはしません」

「ははは。いやあ、比嘉さんに依頼してよかった。家内も僕も子供が好きでして。グループのこともそうですが、何より心配なのは、子供のことです。なあ、真緒」

「ええ。男の子なんです。名前は真助にしようかと」

「そうですか」

琴子はそっけなく答えて、再び紅茶を注いだ。

四

翌日は朝から雨だった。

春助は早朝から仕事で家を出たが、わたしと真緒は家から出なかった。琴子は午前中、部屋に閉じ籠もっていたが、午後になるとどこかへ出かけてしまった。

彼女が戻ってきたのは夕方だった。出る時には持っていなかった、クーラーボックスを担いでいた。直前に会社から帰っていた春助が、声をかける。

「持ちますよ」

「結構です。これから使うので」

「使う、と言いますと……」

「まじないですよ」

琴子は涼しげに答えて、自分の部屋に引っ込んだ。夕食が届いても、食後のお茶の時間になっても、彼女は部屋から出てこなかった。

事態が動いたのは、夜の九時を回ってすぐのことだった。

ベッドに横になり、ウトウトし始めた頃、遠くでエレベーターの音がした。足音が迫る。襖の向こうでわたしを呼ぶ声がする。

「失礼します」琴子の声だった。「準備が整いましたので、まじないを始めます。入っても構いませんか？　ここで執り行いたいので」

「ここで？」

「はい。横になったままで結構ですので」

「そう……」

疲れている自分に気付いた。

終日ぼんやり過ごしただけだと思っていたが、想像以上に気を張っていたらしい。

雨音が強まっていた。

「じゃあ、いいわ。どうぞ」

わたしは言った。

襖が開いて、琴子がすたすたと入ってきた。クーラーボックスを抱えている。春助が足音を殺して、真緒が辛そうにお腹を支えながら続く。

クーラーボックスを脇に置き、壁際に座布団を敷いて、琴子は真緒を座らせた。ぐったりした様子の真緒、そしてわたしを順に見て、口を開く。

「今から行うまじないは少し刺激が強い。精神的、肉体的に負担をかけてしまいますが、どうかご容赦ください」

「何をするの？」

「昨日の雑談の続きです」

彼女は真顔で答えた。この場においても、彼女は黒手袋をしていた。

真緒が座布団の上で縮こまっていた。足を投げ出して、琴子をおそるおそる見上げている。彼女を見ているうちに、わたしは次第に不安に襲われた。

琴子はわたしたちの様子を確かめるように間を取って、話し始めた。

「わたしは便宜上、霊能者を自称することが多い。曖昧な言葉ですが色々と便利な面もありますので。胡散臭く聞こえるのも、むしろ気に入っています」

春助がゆっくりと真緒に近付く。

「場合によってはシャーマン、巫女と名乗ることもある。これは漠然と歴史的、伝統的だとされるものを、訳も分からずありがたがる蒙昧な人間に効果的です」

皮肉を言っているらしいが、誰も笑わなかった。

「ですが事実として、巫女は伝統的な存在です。神と人間の橋渡しをする役目を負った女性は、大昔からいました。まじないをし、神の言葉を聞き、翻訳して人々に告げる。悪しき存在を滅ぼしたり、退けたり、鎮めたりもしたでしょう」

琴子は部屋を歩き回っている。

小さいのに明瞭で、よく通る声が、寝室に響き渡っている。

「人間は昔から、自分たちが弱いことを自覚していた。自然の猛威には全く歯が立たず、獣たちよりずっと非力だと分かっていた。超自然的な存在と、簡単に立ち向かえるとも考えていなかった。ならどうするか。理屈としては単純です。強いモノから、力を借りればいい」

「強いモノ……」

ぽつりと春助がつぶやいた。

「縄文土器には巫女の姿を象ったとされるものがあります。その中には、頭に蛇を乗せたものがある。蛇の鱗のような模様があるものも。巫女は蛇の力を借りて、まじないを行っていたのです。わたしも今から、それに倣います」

言い終えると、琴子はクーラーボックスの前に屈んだ。

「まさか」

春助が真緒の前に立つ。わたしは無意識に毛布を握り締める。

琴子がクーラーボックスの蓋を開けた。中から取り出したのは、一匹の蛇だった。黄色に茶の絣模様。三角の頭。なにより驚いたのはその長さだった。琴子の背丈より長い。

ひっ、と真緒が悲鳴を上げた。春助がその肩を抱いて、部屋の隅に匿う。

「ハブです」

事もなげに琴子は答え、ハブの首を摑んで持ち上げ、真正面から睨み付けた。ハブの口からチロチロと飛び出す長い舌が、彼女の鼻先を掠める。長い胴体が琴子の腕、肩、身体に巻き付く。

「それも知り合いから借りた、特別なハブ」

ややあって、琴子は蛇に巻き付かれたまま立ち上がった。手の力を弛める。ハブはするすると琴子の指の間を擦り抜けて、彼女の頬に頭を擦り寄せた。

わたしたちは息を殺して、その動きを見守っていた。

「お待たせしました。今から行うのは、奄美大島に現在も伝わるまじないをアレンジしたものです。この子とわたしは今、見えない力で繫がっている。今のこの子は、人間はもちろん、そこらの蛇には見えないものが見え、嗅げないにおいを嗅げる」

ハブは琴子の首に巻き付き、顔の横で鎌首をもたげた。琴子は〝この子〟の顎の辺りを指先で優しく擦りながら、再び部屋の中を歩き出す。

「いやっ」

小さな悲鳴を上げて、真緒が琴子から距離を取った。春助が「比嘉さん、ちょっと、ちょっと待ってください」と手をかざした。

「何をなさるんですか。早く仕舞ってください。危険すぎる」

「大丈夫ですよ。やましいところがなければ」

「え?」

「今のこの子は、見境なく人を嚙んだりはしません。この子が感知しているのは人の心の澱みです。日頃は隠している、凝った感情……」

ハブの鱗は照明の光を受けて、妖しく煌めいている。琴子の身体を緩やかに締め付けている。大きく伸び上がって、春助に迫る。

「ううっ」

立ち竦む春助の、口元に顔を近付ける。舌を細かく出し入れしている。

「つまり」

不意に〝この子〟が舌を引っ込めた。ゆっくりと頭を下ろす。

そして、

「この子は、やましいところがある者に噛み付くのです」

琴子が言うなり床に落ち、ずるずると畳を這い回り、ベッドの足を上って――

大きな口を開き、わたしに飛びかかった。

「きゃあっ」

真緒が叫んだのと同時に、わたしは思わず目を閉じた。

いつまで経っても、痛みは来なかった。

手も、首も、顔も、それ以外も、噛まれた感覚は全くない。もちろん毒の作用らしき異状も感じない。

そっと目を開けると、琴子が両手でハブを抱いていた。器用に手を動かしてボールのように固め、クーラーボックスに放り込み、乱暴に蓋を閉じる。

バン、と大きな音が部屋に響いた。

ごそごそと中から音がしていたが、次第に小さくなり、間隔が空き、途絶えた。

琴子は手袋をした手をぱんぱんと叩いた。

「今のは」

最初に口を開いたのは、春助だった。呆然と突っ立って、わたしを見ている。その向こうで真緒がお腹を守りながら、信じられないといった表情を浮かべている。

「続けましょうか」

琴子は何事もなかったかのように言った。ポケットから出したのはいくつもの、茶色く変色した封筒だった。

「これは冴子さんがいなくなった頃、ここに住み込みで働いていた、家政婦の出した手紙です。宛先は家政婦紹介所の所長。内容は主にここで起こった出来事」

春助と真緒に手渡す。

二人は戸惑いながらも便箋を取り出し、目を通し始める。

「何故こんな手紙が今まで残っていたか。内容が異様だったからです。屋敷内を這い回る音がし、妖しい姿が目撃され、架守家の長女が自分を神だと言い出して、豪雨の日に姿を消す。地面に残ったのは這ったような跡――驚いた所長はこれを友人知人に見せた。うち一人が雑誌編集者で、十年近くの後、オカルト雑誌を立ち上げる際に所長に打診します。あの手紙を掲載させてくれ、と。所長は快諾し、手紙は固有名詞を伏せて掲載され、好事家の間で話題になりました。そして語り継がれました。この手のことに詳しい義理の弟から、わたしは以前、この話を聞いていました。依頼を受けて思い出し、彼を頼って現物を手に入れました」

「こんな、信じられない……でも、聞いた話と同じだ。父さんや、伯母さんから。事実なのか。実話なのか」

春助が手紙を読みながら、白髪頭を掻き毟る。真緒は絶句しながら便箋に目を走らせている。

琴子は内ポケットから煙草のケースを引っ張り出した。一本引き抜いて、指先で摘まむ。

「持っているだけです。吸わないのでご安心ください」

そう前置きして、言った。

「家政婦さんが聞いた、何かが廊下を這うような音。こんなものは簡単に作れます。布団を引きずるだけでいい。重いものを載せれば音に重量感も出せる。怪異、異常と見なすには弱い」

火の点いていない煙草を指で弄びながら、

「赤い光も同様です。懐中電灯に赤いセロハンでも貼ればいい」

「ちょっと、ちょっと待ってください」

「ですが」琴子は春助を無視して、「なら家政婦さんが見たモノは何か。螺旋階段を這い上ったり、冴子さんの部屋にいたモノです。何もなかった、単なる幻覚だったとは考えにくい。しかし、実はこれも常識的な説明ができるんです。虫送りで使う予定だった、藁で編んだ蛇ですよ。戦争で虫送りが中止になったため、土蔵の中に仕舞われていたものです。手紙にその存在が記されている」

　春助は困り果てた顔で黙り込んだ。

「虫送りの蛇のサイズは想像するしかありませんが、各地に伝わる習俗を参考にするなら、太さは一抱えほど、長さは三、四メートルほどでしょう。いくら軽い藁でできているとはいえ、一人で簡単に運べるものではない。ですがパーツ毎に分割されていたらどうでしょう。家政婦さんが螺旋階段で見たものは尾だけ。冴子さんの寝室で見たものは頭だけ。頭の目の部分には、赤い懐中電灯が取り付けてあった」

　真緒は便箋と琴子を、交互に見ている。

「では、冴子さんがいなくなった時のことは？　これも簡単です。蝶番が外れかけた片側の扉、外の地面にあった長いものが這ったような跡と、片方が砕けている門柱。これは夜中の間に細工しておけばいい。蝶番を壊そうが、土を掻き出そうが石を砕こうが、豪雨の音が掻き消してくれます。停電させるのはもっと容易い。後は夜が明けた頃合いを見計らって、布団なり藁の蛇なりを廊下に這わせ、襖の前で足でも踏み鳴らして大きな音を立て、すぐ外に出て縁側の下にでも隠れればいい。複数の異様な音と痕跡。それらの〝点〟を架守家の人々や家政婦さんに提示し、各々の頭のなかで〝線〟にさせ、存在するはずのない、〝蛇体の神様になり、川を遡って佐江槌山に帰った冴子さん〟を想像させた。そして皆が川岸で呆然としている隙に、冴子さんはこの屋敷を出て行った。そして二度と戻らなかった……」

琴子は言葉を切った。

表の雨音を鬱陶しく感じ始めた頃、真緒が「それって」と口を開いた。

「嘘ってことですか？　冴子さんが実は神様だったたってことも、今は佐江椙山にいるってことも。だったら、だったら――」

怯えた目が琴子から逸れ、わたしに向けられる。

「伯母さん」

春助が震える声で呼ぶ。

琴子がクーラーボックスを足先で軽く蹴り、

「この子はそう見做しました。如何ですか？　架守佳枝さん」

と訊ねた。

わたしの頬が緩むのが分かった。

うふ、と笑い声が漏れた。

五

「伯母さん？　え、伯母さん……？」

春助が訊ねた。本当に訳が分からないらしく、そわそわと落ち着かない。

「そう。冴子が神様なんて嘘。わたしが考えて、準備して作り上げた出鱈目（でたらめ）よ」

「いや、その、何でそんな、訳の分からないことを」

「分からない？」

「え？」

「分からないわよねえ。分かるわけがない。家を継ぐことに何の疑問も抱かない馬鹿な男には。もちろん、そんな家に囲われて、子供を生み育てるだけの人生を送る馬鹿な女にも、永久に理解できないでしょう」

あははは、と大きな声で笑う。笑ってしまう。こんなに笑えたのはいつ以来だろう。こんなに清々（すがすが）しい気分になったのは。

力が漲（みなぎ）っていた。

疲れも眠気も吹き飛んでいた。

「あの子はね、勉強が好きだったの。お医者さんになりたいって言ってたわ。でもね、この家でそれは許されないの。お前には勉強なんて必要ないって、源之助さんは言ってた。お義母（かあ）さんもね。立派なお婿さんが来てくれる、立派な妻になりなさいって。そしてたくさん子供を産みなさいって」

「だから冴子さんを逃がした、と?」

琴子の質問に、わたしは、「そうよ」と答えた。

わたしみたいになって欲しくなかった。

やっとのことで授かった冴子を、ただ架守家の血を絶やさないための道具にされるのは真っ平御免だった。

縁談の話が持ち上がった時、冴子は明らかに嫌がっていた。もちろん源之助さんや鈴子には隠していたが、わたしには遠回しに打ち明けた。

(あの人たちの中に、気になる人はいません)

思いを寄せる人が、他にいたのだろう。

何度か訊いたが教えてはもらえなかった。でも不満はなかった。むしろ娘を応援したかった。たとえ二度と会えなくなっても、この家の女になるよりは遥かにマシだ。

わたしみたいに生きるよりは。

「だから姑の――鈴子の騒動を利用することにしたの。あのボケた姑の寝言を」

ヤブ医者どもは誰も気付かなかったが、姑は今で言う認知症になっていたのだろう。這う音がするだの眠れないだのと大騒ぎした。大掃除をしたら落ち着いたが、冴子の縁談と前後して再び「窓から赤い目が覗いている」と騒ぎ、家政婦を巻き込んで土蔵で寝起きするようになった。

わたしはこれを利用しようと思った。そして実行した。方法は琴子の言ったとおりだ。

鈴子を驚かすつもりが、家政婦が起きてきたのは予定外だったが、結果として上手くいった。だから標的を彼女に変えた。冴子の部屋で藁の蛇を見せて驚かすと、廊下を転げ回って怯えていた。

そうだ、あの家政婦は怖がりで、何でも真に受けやすかった。この辺りに流れている根も葉もない噂を信じ込み、わたしや冴子の作り話を真に受け、源之助さんの言葉に心を痛めていた。娘のことなど架守家とカガミを存続させる道具にしか思っていない男の、身勝手な戯言を。

冴子はわたしの言うとおりにしてくれた。いや、むしろ自分から積極的に動いてくれた。家政婦に自分は神様だと嘘の告白をしたり、寝室で藁の蛇を持ち上げたりもした。扉の蝶番を壊し門柱を砕き、這ったような跡を地面に残したのも冴子だ。

わたしたちは助け合っていた。支え合ってた。

この馬鹿げた家から抜け出すために。

「随分と回りくどい脱出計画ですね。しかも手間だ」

「手間？　そんな風に思ったことは一度もないわ。怯えるお義母さんを見てるの、楽しかったもの。困ってる源之助さんも、宗助さんも」

娘を家に縛り付けながら、愛していると信じて疑わなかった源之助さん。彼に対抗意識を燃やして、彼に勝つことだけを目指して生きていた宗助さん。どっちも愚かだ。どっちも下らない。

「あなたなら分かってくれるでしょう？　真緒さん。子供は大切。子供は大好き。わたしは子供の幸せを何よりも願ったの。今も願い続けているの」

自分の言葉に何度も頷いてしまう。そして気付いてしまう。今の言葉に偽りはなかった。だがもう一つ、わたしはずっと、心の底から願っていた。

いや――

「ねえ、霊能者さん」

わたしは皮肉を込めて呼んだ。

琴子は気にする様子もなく「はい」と答える。

「佐江槌山に蛇神様がいるだの何だのと、随分と適当なことを仰っていたわね。でもね、この仕事があなたの領分ってところだけは、当たってたと思う」

黙っている彼女に、わたしは一気に言った。止められなかった。

「気付いたの。わたし、ずっと願ってたの、呪ってたのよ。この家の人間はみんなくたばってしまえ、架守家なんて滅びてしまえ、ってね。だから宗助さんも椿さんも、むごたらしく死んだ。だから真緒さんは流産を繰り返し、カガミは傾いた。これはわたしの呪いよ。わたしの力よ。違う？　あなたみたいな人間がいるなら、わたしがそんな力を持ってたっておかしくないでしょう？」

　思いの丈をぶちまけていた。

　この家に嫁いで初めて、自分自身になれた気がした。

　気付けばわたしは笑っていた。

　ベッドの上で皺だらけの手を叩き、口を開け、身を捩って、涙を流して笑っていた。

笑い疲れ、少し咳き込み、それが落ち着いて大きな溜息が出た頃、

「最低だ。最低ですよ」

　春助が言った。

「僕たちのことを、そんな風に思っていたんですか。両親のことも」

「ええ」

　わたしは自分でも驚くほど簡単に、自分の本心を認めてしまう。「だって、こんなにはっきり言葉にしても、わたしの気持ちなんて微塵も理解できないでしょう？　自分たちに非があるなんて。そんな人間、何の価値があるの？」

　また言葉が溢れ出る。

　七十年以上溜まった黒い感情だ。これでもまだまだ吐き出し足りないのだろう。これほど充満したからこそ、人の命を奪えるまでになったのかもしれない。

気付けばまた手を叩いていた。身体を揺らしていた。真緒がわたしから思い切り顔を背けた。目を逸らすだけでは足りないと言わんばかりの、大袈裟な動きだった。

「比嘉さん」春助が呼んだ。「大変申し訳ありませんが、今日のところはお引き取りいただけますか。一旦中止とさせてください。明日またこちらから連絡します。お支払いについてもその時に」

「かしこまりました。お疲れ様です」

「じゃあ、さよなら、伯母さん」

わなわなと全身を震わせて、春助は言った。真緒を立たせ、大股で部屋を出て行く。一度も振り返らなかった。

二人が荷物を纏める音を遠くに聞きながら、わたしは達成感に浸っていた。未来を思って嬉しくなっていた。遠からず架守家は滅びるだろう。カガミも終わるだろう。わたしがこれからも呪い続けるからだ。幸福だった。満たされていた。

不意に妙なにおいが鼻を衝き、わたしは我に返った。

煙草だった。煙草の煙だった。

琴子が仁王立ちで堂々と、煙草を吸っていた。

「やめてもらえる？」

「お断りします」

彼女は答えた。鼻から紫煙を吐くと、

「やめさせてみては如何ですか、ご自慢の呪いで」

涼しげな顔で、あからさまな皮肉を口にする。

わたしはお腹に力を込めた。架守家の人間に向けたのと同じ憎しみを、彼女目がけて投げ付ける。心の中でそうする自分をイメージする。

琴子は黙って煙草を吸い続けていた。呼吸の一つも乱れない。動きも自然だった。

「では、結論から申し上げましょうか」彼女は携帯灰皿を取り出し、煙草を揉み消した。「あなたに人を呪い殺すような力はありません。まして企業グループの業績を悪化させるなんて不可能です」

「そんなはずないわ。だって――」

「冴子さんが今どこにいるか、ご存じですか？」

彼女は訊ねた。

わたしは一瞬戸惑ったが、すぐに笑みを取り戻す。

「知らない。元気にしてるんじゃない。六十七歳だから、まだ死ぬ年じゃないでしょう」

「生きていますよ」

琴子は新しい煙草に火を点ける。わたしは顔の前に漂ってきた煙を払い、「知っているの？」と訊ねる。

「ええ。昨日は嘘を吐きました。実際は直接お会いして、少しばかり遣り取りしたんです。随分と悲しんでいらっしゃいましたよ。そして腹を立てている。愛する子供をあなたに殺されたから」

「え？」

「あなたの娘である冴子さんはあの日、この家を出て山に向かいました。そしてかねて交流を重ねていた、佐江槌山の蛇神と結ばれた。そして彼女自身も蛇神となり、山の淵に潜み棲んでいる。あなたの作り話とは違った筋書きですが、彼女は本当に神様になっていたんです」

六

わたしは混乱していた。

ベッドに寝ているのに、転びそうな感覚が消えない。

「ごめんなさい、何を言ってるの？　冴子が何？　佐江槌山の、神様？」

「ええ」

琴子は平然と答えて、煙草を吹かす。

「冗談はやめてちょうだい。あれはわたしの考えた――」

「彼女がいなくなった当日、土蔵が激しく揺れたのを覚えていらっしゃいますか？」

「……どうだったかしら」

そんなことがあった気もする。

「家政婦さんの手紙にそうあります。それと、鈴子さんは本当に認知症だったんでしょうか。彼女が夜な夜な聞いた這う音は本当に幻聴で、窓の外に見た赤い目は本当に幻覚だったんでしょうか。近隣の噂になった、天井裏を這った跡は」

「姑は実際に見て、聞いていたというの？　それが佐江槌山の蛇の神様で、冴子の旦那様？　馬鹿なこと言わないで頂戴」

そう言いながらも、わたしは疑問に思っていた。簡単に打ち消すことが出来なくなっていた。

わたしは思い出していた。

意中の人がいる。冴子はそう仄めかしていた。

だから結婚したくなかった。結婚させられたくなかった。そう理解していた。

違っていたのか。

冴子が愛したのは、人ではなかったのか。

琴子が再び話し始めていた。

「彼女は佐江槌山から長い間、ここ架守家を見守っていた。二十年ほど前、あなたが冴子さんの子供を殺してしまうまでは」

「待って。それは本当に分からない。いったい何の話？　わたしが子供なんて、殺すわけが」

「あなたが殺した、と冴子さんは言っていましたよ。一応申し上げておくと、冴子さんはもう人の形をしていません。だから子供も人の形をしていなかったんじゃないですか。だからあなたは知らず知らずのうちに、その子を手にかけてしまった」

思い出せない。全く記憶にない。

そもそも二十年前のことなど、全体的に忘れかけている。二十年前。宗助さんが死んだ頃だ。手足が麻痺し、血を撒き散らし、蛇のようにのたうって。

（アカイメ）

全身が凍り付いた。

乾いた肌に鳥肌が立つ。音が聞こえそうなほど激しく、いつまでも元に戻らない。

掌の冷や汗を、毛布で拭う。何度も何度も拭う。

「冴子さんは嘆き悲しんだ。怒り狂った。そしてその矛先をあなたに向けた。たっぷりと時間をかけて、復讐することにしたんです。周囲の人間をある者は殺し、ある者は遠ざけ、二十年かけて、あなたを孤立させたんです。架守家の災いはあなたの呪いなどではない。冴子さんの——さえづちの祟りです」

震えが走った。

口の中が、からからに乾いている。

さっきまで満ち溢れていた力が、みるみるどこかへ消えていく。

直感で気付いてしまった。分かってしまった。

琴子の話が事実であれ、出鱈目であれ——

子供を殺されたら、冴子は怒るだろう。いや、絶対に怒る。怒るに決まっている。

わたしが冴子を思う気持ちと同じだ。

たとえ相手が親でも許さない。

「そしてその祟りは、これからが本番です。あなたを守ってくれる人間は、もう誰もいない。みんな死ぬか、あなたの許を離れてしまった。そしてあなたは不自然なまでに健康でいらっしゃる」

「健康が？　元気なのが祟りなの？」

琴子は答えなかった。

聞こえるのは彼女が煙草を吸う音と、雨音だけだった。春助と真緒は、いつの間にか出ていってしまったらしい。

ガランとした屋敷の静けさが、酷く寒々しく感じた。身体の芯まで冷えていくようだった。

二本目の煙草を揉み消すと、琴子は言った。

「どうしますか？」

「何を？」

「さえづちの祟りですよ。ご依頼いただければ鎮めますが」

「馬鹿ねえ」

わたしは背筋を伸ばして、答えた。微笑んでみせる。

「言ったでしょ？　佐江槌山に神様なんていない。この家がこうなったのは、わたしの呪いのせいよ。わたしは満足してるの。だからあなたに依頼することなんて、何もない」

「そうですか」

彼女はクーラーボックスを担ぐと、

「気が変わったらご連絡ください」

と、名刺を差し出した。そして入ってきた時と同じように、スタスタと出て行った。

名刺は名前と携帯電話の番号だけが書かれた、簡素なものだった。

目を覚ました。

朝だと思うが自信がない。雨戸が閉まっていて、外の光が全く入って来ないのだ。

部屋の照明が時折チカチカと瞬いていた。

外は雨だった。寝る前と同じように、滝のような音がずっと聞こえている。わたしはベッドを起こした。

玄関の方で物音がした。

扉が開く音だ。

閉まる音は一向に聞こえて来ない。

代わりに耳に届いたのは、這(は)う音だった。

ずるずる　ずしゃあ

ずるずる　ずしゃあ

ずるずる　ずしゃあ

ホールを通り抜け、廊下にやってくる。

西の突き当たりへと遠ざかり、また戻ってくる。

ずるずる　ずしゃあ

ずるずる　ずしゃあ

ずるずる　ずしゃあ

またホールに戻り、螺旋階段を這い上る。

二階の廊下を進み、かつての寝室に入る。

わたしの真上にいる。

めき、と頭上で何かが軋む。

めきめき、と続く。

わたしは暴れ回る鼓動を全身で感じながら、耳を澄ませている。

ガシャン、と二階で窓が割れた。思わず布団の上で跳び上がる。胸が痛い。息が乱れている。

どしゃ、ばしゃん

庭に何かが落下する。大きな大きな何かが。泥水が跳ね上がるのが分かる。バシャバシャと掻き回している。

「冴子」

わたしは呼んだ。

「冴子」

会いたかった。

あの霊能者の言うことを認めたくはなかったが、会えるものなら会いたい。姿が変わっていても、わたしを憎んでいても。

愛する娘に。

殺されてもいい。むしろ娘に殺してほしい。もう充分すぎるほど生きた。

「冴子！」

わたしは叫んだ。

大きな音とともに、雨戸と障子がこちら側に弾け飛んだ。

照明が大きく揺れて、消える。

真っ赤に燃える巨大な目が、わたしを睨み付けた。

どろどろと赤い、溶岩のような涙を流している。

それは怒っていた。

わたしを憎んでいた。

再び名前を呼ぼうとしたその時、太く長い胴体が、わたしの身体に巻き付いた。

凄まじい力で締め付ける。無数の尖った鱗が皮膚を食い破り、肉を抉っていく。

締め付ける力が更に強くなる。逃げ出せない。身を捩ることすらできない。

木の枝をねじ切るような乾いた音を立てて、全身の骨が砕けた。

あまりの痛みに声を上げることもできず、わたしは死んだ。

※　※

夢を見ていた。

最初から夢だと分かっていた。

わたしは霧深い草むらに突っ立っている。霧の向こうに微かに木々や岩肌、山肌が見え、ここが山の中だと気付く。何気なく自分の右腕に目を向けて、わたしは声もなく驚く。

皮膚が剝がれ落ちていた。

その奥から新しい肌が現れていた。

皺も染みもない、ずっと昔の、若かった頃の肌が。

腕だけではなかった。

わたしは無我夢中で、全身の皮を脱いだ。剝がして刮げ落とした。

すっかり若返った身体に見蕩れていると。

水音がした。
いつの間にか目の前に淵が広がっていた。
淵から何かが出てこようとしていた。
とてつもなく太くて、長い。
霧に隠され、それくらいしか分からない。
光は充分にあるが、色彩は乏しい。霧は白く、草木は灰色で、それは黒い。
例外は一つ、いや二つあった。
その両目だけが、赤い。
瞳から赤い光を放っている。
熟した酸漿のような色。溶岩のような涙を流している。
それは怒っていた。
わたしを憎んでいた。
それが誰なのか、わたしは気付く。
「冴子」
呼んでも、応えない。
冴子は何も言わない。
その向こうにぬらりと、同じくらい太くて長い何かが、鎌首をもたげる。そちらも同じ赤い目をしている。
冴子の太く長い胴体が、わたしの身体に巻き付いた。
そこでようやく理解する。
夢ではない。
わたしは、冴子に殺された。
そして今また、殺されるのだ。
痛め付けられた身体を脱ぎ、再生させられて。
死ぬまで。
違う。死なないのだ。
永久に、殺され続けるのだ。健康に生かされ続けるのだ。
わたしは叫んだ。
叫んで喚いて悲鳴を上げた。
乾いた音を立てて、全身の骨が砕けた。
あまりの痛みに声を上げることもできず、わたしは意識を失った。

※　※

夢を見ていた。
わたしは霧深い草むらに突っ立っている。
何気なく自分の右腕に目を向けて、わたしは驚く。
皮膚が剝がれ落ちていた。
その奥から新しい肌が現れていた。
わたしは悲鳴を上げた。
とてつもなく太くて長いものが、淵から出てこようとしていた。

初出

母と　「怪と幽」vol.012

あの日の光は今も　「怪と幽」vol.002

さえづちの眼　書き下ろし

さえづちの眼(まなこ)

澤村伊智(さわむらいち)

角川ホラー文庫 23599

令和5年3月25日　初版発行

発行者——山下直久
発　行——株式会社KADOKAWA
〒102-8177　東京都千代田区富士見2-13-3
電話 0570-002-301（ナビダイヤル）
印刷所——株式会社暁印刷
製本所——本間製本株式会社
装幀者——田島照久

●お問い合わせ
https://www.kadokawa.co.jp/（「お問い合わせ」へお進みください）
※内容によっては、お答えできない場合があります。
※サポートは日本国内のみとさせていただきます。
※Japanese text only

◇◇◇

ISBN978-4-04-111736-1　C0193

角川文庫発刊に際して

角川源義

第二次世界大戦の敗北は、軍事力の敗北であった以上に、私たちの若い文化力の敗退であった。私たちの文化が戦争に対して如何に無力であり、単なるあだ花に過ぎなかったかを、私たちは身を以て体験し痛感した。西洋近代文化の摂取にとって、明治以後八十年の歳月は決して短かすぎたとは言えない。にもかかわらず、近代文化の伝統を確立し、自由な批判と柔軟な良識に富む文化層として自らを形成することに私たちは失敗して来た。そしてこれは、各層への文化の普及滲透を任務とする出版人の責任でもあった。

一九四五年以来、私たちは再び振出しに戻り、第一歩から踏み出すことを余儀なくされた。これは大きな不幸ではあるが、反面、これまでの混沌・未熟・歪曲の中にあった我が国の文化に秩序と確たる基礎を齎らすためには絶好の機会でもある。角川書店は、このような祖国の文化的危機にあたり、微力をも顧みず再建の礎石たるべき抱負と決意とをもって出発したが、ここに創立以来の念願を果すべく角川文庫を発刊する。これまで刊行されたあらゆる全集叢書文庫類の長所と短所とを検討し、古今東西の不朽の典籍を、良心的編集のもとに、廉価に、そして書架にふさわしい美本として、多くのひとびとに提供しようとする。しかし私たちは徒らに百科全書的な知識のジレッタントを作ることを目的とせず、あくまで祖国の文化に秩序と再建への道を示し、この文庫を角川書店の栄ある事業として、今後永久に継続発展せしめ、学芸と教養との殿堂として大成せんことを期したい。多くの読書子の愛情ある忠言と支持とによって、この希望と抱負とを完遂せしめられんことを願う。

一九四九年五月三日

予言の島

澤村伊智

絶叫間違いなしのホラーミステリ!

瀬戸内海の霧久井島は、かつて一世を風靡した霊能者・宇津木幽子が最後の予言を残した場所。二十年後《霊魂六つが冥府へ堕つる》という。天宮淳は幼馴染たちと興味本位で島を訪れるが、旅館は「ヒキタの怨霊が下りてくる」という意味不明な理由でキャンセルされていた。そして翌朝、滞在客の一人が遺体で見つかる。しかしこれは悲劇の序章に過ぎなかった……。全ての謎が解けた時、あなたは必ず絶叫する。傑作ホラーミステリ!

角川ホラー文庫

ISBN 978-4-04-111312-7

火喰鳥を、喰う

原浩

これは怪異か——あるいは事件か。

信州で暮らす久喜雄司に起きた２つの異変。久喜家の墓石から太平洋戦争末期に戦死した大伯父・貞市の名が削り取られ、同時期に彼の日記が死没地から届いた。貞市の生への執念が綴られた日記を読んだ日を境に、雄司の周辺で怪異が起こり始める。祖父の失踪、日記の最後の頁に足された「ヒクイドリヲ　クウ　ビミ　ナリ」の文字列。これらは死者が引き起こしたものなのか——第40回横溝正史ミステリ＆ホラー大賞《大賞》受賞作！

角川ホラー文庫

ISBN 978-4-04-112744-5

子狐たちの災園

三津田信三

奇妙な“廻り家”で起きる怪異

6歳の奈津江は、優しい両親を立て続けに喪い、彼らが実の親ではなかったという衝撃の事実を知る。ひとりぼっちの彼女は、実父が経営する子供のための施設“祭園”に引き取られることになった。鬱蒼とした森に囲まれた施設には、“廻り家”という奇妙な祈禱所があり、不気味な噂が囁かれていた。その夜から、次々に不可解な出来事が起こりはじめる——狐使いの家系に隠された禍々しい秘密と怪異を描く、驚愕のホラー・ミステリ！

角川ホラー文庫

ISBN 978-4-04-112339-3